ディア・ペイシェント
絆のカルテ

南 杏子

幻冬舎文庫

ディア・ペイシェント

絆のカルテ

目次

第一章　午前外来

高台へと続く道を一気に上った。少し息が切れて立ち止まる。

道脇のヒマワリはほとんど花弁を失い、下を向いていた。夏の盛りを過ぎた九月の半ばだ。

坂の上には、医療法人社団医新会《いしんかい》・佐々井《ささい》記念病院があった。七階建ての病棟は最新の医療をアピールするかのように光沢を帯びた外壁で覆われている。道行く人に、あらゆる治療が可能だと錯覚を抱かせるには十分な外観だった。

振り返ると、眼下には住宅街が果てしなく広がっている。

この坂の下、川崎市矢上《やがみ》区に住む人たちが今日も病院に押し寄せてくるのだ。区内に二十万人、市内全体では百五十万人、そして神奈川県内には……。

そう思うだけで、真野千晶《まのちあき》は動悸がしてきた。

千晶は約半年前に、佐々井記念病院の常勤内科医になった。

ここはいわゆる市中病院と呼ばれる民間の総合病院だ。ベッド数百五十の中規模医療施設で、地域医療を支えている。

診療だけでなく研究や教育も比重が大きい大学病院に対して、市中病院は診療が主な機能になる。医学部を卒業して以来、三十五歳の誕生日を迎えるまで大学病院で勤務を続けていた千晶にとっては、戸惑いが多かった。

大学病院と市中病院では、与えられた機能以上に、何かが明らかに違う。その一番の違いを、いままで千晶はうまく説明できなかった。

大学病院に所属するかたわら、いくつもの市中病院で夜間や週末にスポット勤務をこなしていたときには、うっすらと感じてはいても、言葉にできなかった。

けれど、いまなら分かる。

「万里《まり》です。今日はお姉ちゃんに大事な話があるんだけど。お父さん、診療所の仕事を年内に辞めるって決めたから。山梨《こっち》に戻ってきてくれるかどうか、今月中にちゃんと返事をください――」

昨晩遅くにタクシーで武蔵小杉のマンションへ戻ると、ソファーに置いた電話機の小さい光が点滅していた。実家の妹からだった。一分一秒を争う用件でなければ、携帯にはかけないでほしいと言ってあった。

少し改まった妹の声が、とがめるような口調だったことが思い起こされる。年内といえば、あと三か月と二十日しかない。

千晶はフッフッフッフッと小さな呼吸を繰り返した。気持ちを落ち着かせるために。

佐々井記念病院の駐車場を抜ける。パーキングロットには、すでに何台もの車が駐められていた。足取りは重い。午前七時半を少し回っていた。

正面玄関の前に立つ。大きなガラスの自動扉が開いた。目の前に楕円《だえん》形の案内カウンターがあり、キャビンアテンダントのような制服に身を包んだ事務職員たちがほほ笑む。天井は、見上げなければ目に入らないほど高い。クリスタルの天窓を通してやわらかい光が降り注ぐ。カラフルな案内板、落ち着いた色の絵画、木目調のカウンター……。まるで高級ホテルか老舗《しにせ》デパートのような雰囲気だ。待合室にはピンク色の長椅子が並ぶ。

千晶は、患者の視線が自分に向けられるのを感じた。すでに、二十人以上はいると思われる患者が目の前で順番を待っている。にこやかな笑みを浮かべる職員たちと対照的に、彼らの多くは一様に無表情で、中には露骨に顔をゆがませている者もいる。

それは、体の不調や病気からもたらされたものだけではない。自分よりも医師の登院が遅いことに対する不満の表明だ。

そうなのだ。

これまで千晶が勤務した大学病院では気づかなかったが、佐々井記念病院でほとんどの時間を患者と向き合うようになって知ったこと——それは、患者たちの不満だった。

妹が残した昨晩の留守録《メッセージ》が再び思い出された。

「――そっちの病院で、モンスターみたいな患者を毎日相手にして燃え尽きる前に、早く診療所を継いでよ。やせ我慢もほどほどにして。お姉ちゃんだけの体じゃないんだからね。じゃあ返事、待ってるから」

千晶は、視線を足元に落としながら足早に待合室を走り抜ける。午前九時の外来診療開始までは、まだ一時間半近くもあった。

佐々井記念病院は一階が外来診察室で、二階に検査室と医局がある。三階はフロア全体が手術室、四階から六階までは入院病棟、七階は院内ホールという造りになっている。

コンビニとスターバックスの脇を通り、自動販売機コーナーの陰にある扉を開けた。職員専用の裏階段があるのだ。

職員は、基本的には裏階段を使う。エレベーターは患者や見舞い客のものとされているから。何よりも患者の利益を優先するという「患者様プライオリティー」を唱える新事務長の方針は、病院のすみずみにまで行き渡っていた。

確かに体の不自由な患者が申し訳なさそうに乗り込んでくるのに、元気なスタッフがエレベーターを占領している様はみっともない。けれど当直明けで、めまいやふらつきがあるときは体にはこたえる。

二段飛びで二階に上がり、千晶は医局の手前にあるロッカールームで白衣に着替えた。医局に入ると、千晶の机の上には新しい医学雑誌や学会費の請求書が届いていた。その下には、保険の書類依頼が数枚、カルテとともに積み重ねられている。急ぎの用がないのを確かめ、千晶は部屋を出た。まずは病棟へ行き、受け持ちの入院患者二十人をすべて回診するためだ。

ナースステーションから、唱和する声が響いてきた。いつもの朝のミーティング風景だ。

「かしこまりました」

「承知しました」

「ありがとうございました」

「申し訳ございません」

「ただいま参ります」

看護師や介護士が輪になり、壁に貼られた「言葉遣い標準」を読み上げている。

この病院に着任して初めて見たときはぎょっとした。毎日聞いているうちに慣れはしたものの、違和感は残る。

「ウイ・スキー、ウイ・スキー、ウイ・スキー、ウイ・スキー、ウイ・スキー……」

「笑顔トレーニング」が始まった。何度となく、ゆっくり「ウイ・スキー」と発音し、メンバー全員の目尻や口元が自然な笑みを作り出していることを互いに確認している。

昨晩は、目が冴えてなかなか寝つけなかった。深夜にワインを多めに飲んでしまった千晶は、アルコール臭のする単語の復唱に軽い吐き気を覚える。

ミーティングが終わると、通常業務の開始が宣言された。

「真野先生の患者様は皆さん、落ち着いていましたよ」

当直の看護師から申し送りを受けた師長が千晶に報告してくれる。

千晶が帰宅してから今朝までの間に、担当患者には大きな変化はなかったようだ。少し安《あん》堵《ど》しつつ、ナースステーションから病棟へ向かう。

「具合はいかがですか？」

千晶は患者の部屋を回り、ひとりひとり様子を尋ねる。

「呼吸は楽になりましたか？」「お腹の張りはとれましたか？」「痛みはいかがですか？」「つらいところはありませんか？」など、声かけは患者の容態に応じて進めていく。

患者にとって、入院中に自分の病気が回復していくのは、至極当たり前のプロセスだ。医学の進歩と健康情報の流布を背景に、治療の成果に対する期待値は驚くほど高くなっている。

そして、調子が悪くない患者ほど病気以外のことを口にする。

「食事がまずい」

入院患者の不満は、これが一番多かった。

「隣のベッドのいびきがうるさくて眠れない」「天井の電気を消してほしい」「エアコンが利いていない」「エアコンが利きすぎている」などといった不平が続き、千晶のメモ帳はすぐにいっぱいになる。

病状の面では、受け持ちの入院患者二十人が全員、安定しているのを確認した。何人かの患者からは、「ありがとう」や「おかげさまで」という言葉もあった。

千晶の気持ちは少し晴れてくる。妹の万里が留守番電話に吹き込んだ辛辣《しんらつ》な言葉が、千晶の毎日を言い当てているとは限らない。やせ我慢などではないはずだ。

裏階段をすばやく下りる。三階から二階にさしかかったところで、小さく折られた紙が落ちているのを見つけた。

広げると、A4サイズのカルテ用紙で、心臓血管の図解だ。上部には、「言」「宅」「言」と読める大きな文字が横に並ぶ。図解の周囲には、びっしりと細かい書き込みがあった。患者の病状に関する説明用のメモだろうか。字はひどく乱れており、心臓の「心」は一筆書きのようになっている。

それ以上、吟味する時間はなかった。千晶は紙を折ってポケットに入れる。

「真野先生、今日も多いですよ」

一階の外来診察室に駆け込んだところで、看護師に声をかけられた。同情の目をしている。ワゴン式の書架に並べられた受診患者のカルテを確認した。千晶に振り分けられた予約だけで、三十七人分のカルテがある。さらに予約なしの患者も加わる。

内科の診療ブースは全部で五つある。今朝使われているのは三ブースのみ。千晶の他に二人の内科医が外来患者を診る。千晶は消化器が専門だが、大きな病院ではないため専門以外の患者も回ってくる。

この日午前中の外来患者は、百五十人になる見通しだった。つまり内科医ひとりで五十人を診ることになる。

午前中の外来診察は九時から十二時までの三時間しかない。単純計算で三時間を五十で割ると、ひとり当たり三分半強だ。すべての患者の診療をその時間内で終えられるはずもなく、結局、正午までに全員をこなせることはめったにない。今日も午後二時までに終了できればいい方だろう。

ひどい言い方だが、外来患者には上中下、いやS・M・Lがあるという。この病院に来て教えられたことだ。

Sとは、「スムーズ」のS。要領よく病状を伝えてくれて、こちらの説明もすぐに理解してくれる患者。

Mは、「まだるっこしい」のM。病状説明の手際が良いと言えず、世話の焼ける患者だ。たとえば、いつ熱が出たかとか、どんな薬を飲んでいるかとか、聞かれて当然なことを、いちいち首をひねったり、答えられなかったりする。また、処方した薬をきちんと飲まなかったり、勝手に中止したりするのもこのタイプに入る。それでも悪気はないはず——と千品は思う。

問題はLだ。Lとは「Low pressure」のL。雨や風をもたらす低気圧の意味だ。来院した瞬間から災厄を振りまく台風そのものといったタイプの患者もいれば、知らぬ間に急速な発達をとげて、気づいたときには手に負えないほどに成長するケースもある。最初から「何かあれば訴えてやる」と身構えている患者もこのタイプだ。

初めてS・M・Lの分類を聞かされたときは、患者を侮辱していると感じた。けれど、この半年間を経てそう考えたくもなる医師の気持ちも分かってきた。

医療訴訟の件数は、全国で年間約千件にのぼる。すべてのケースは患者や家族らによって提起されたものだ。裁判には長い時間がかかり、毎年何千人もの医師たちが診療の場を離れて被告席に座らされる。S・M・Lは、その計りしれないリスクを警戒した医師たちによって作られた分類なのだ。

千品は静かに目を閉じた。今朝も、もう引き返すことはできない。

「――じゃあ、外来始めるね。ちょっとフライング気味だけど」

少しでも早く外来をスタートさせれば、診察時間を長くとることができる。診察開始の三分前だったが、千晶は患者を呼び入れた。

「調子はいかがですか？」

「先生、今日は悪いのよお」

最初の患者は、六十八歳の浅沼知恵子《あさぬまちえこ》だった。高血圧と高コレステロール血症のため、佐々井記念病院に通院中だ。現在は降圧剤と、スタチンと呼ばれるコレステロール値を下げる薬、それに便秘薬を処方されていた。

調子が悪いと言って始まるのは、毎度のこと。話を聞き出すのに時間はかかるが、かわいらしいものだ。例の分類で言えば、「Mの上」といったところか。

「どんなふうに悪いんですか？」

知恵子は、待ってましたとばかりに両手を差し出した。

「ほら、指がむくんでる」

千晶は、知恵子の手を取って診察に入った。圧痕《あっこん》は付かず、皮下組織に異常な水分がたまっているような所見はない。

目の下の皮膚を少し下げて結膜の色をチェックし、口の中も観察した。喉にある甲状腺を触診しても問題は見つからない。

続いて聴診に移る。

「では、胸の音を聞かせていただきますね」

胸に聴診器を当てる力を加減しながら、チェストピースを移動させる。千晶の持っている膜型聴診器は、チェストピースをそっと当てると低音成分が、ぴったり押し付けると高音成分がそれぞれ聞き取りやすくなる。

エンジニアが精密機械を点検する際、特に目を向ける部分が決まっているように、心雑音でも、チェックすべき部位が四か所ある。それは肋骨と肋骨の間のくぼみで、上から順に番号が振られてマッピングされ、第二肋間胸骨右縁、第二肋間胸骨左縁、第四肋間胸骨左縁という名前がついている。四か所目は、心尖部《しんせんぶ》と呼ばれる左乳頭の下あたりだ。四か所のどこで異常音が聞こえるかにより、病気の種類が異なる。だが、知恵子の胸の音は問題なかった。

肺の聴診に進む。

「何回か深呼吸を繰り返してください」

肺を上から下へ――上肺野、中肺野、下肺野の別を意識しながら左右交互に聞いてゆく。胸側が終われば背側も。肺の部位や、吸気と呼気のどちらのタイミングで雑音が聞こえるかによって、やはり疑われる病気が違ってくる。ただ、これも問題はない。

知恵子に横になってもらい、腹部の診察を行う。まずはそっとチェストピースを当て、臍《へそ》の周辺を何か所か移動させた。腸の動きを示す蠕動《ぜんどう》音が正常か、どこか閉塞しているような狭窄《きょうさく》音がないか、あるいは動きが乏しくはないかに注意を傾ける。

今度は腹の触診だ。痛みの有無をチェックする。問題なし。背後から腎臓の部位を軽く叩いて痛みの有無を確認したが、ここも異常は見つからない。さらに脛骨《けいこつ》の上を押しても、浮腫を示す異常所見はなかった。

こうした一連の診察動作の最中に千晶は、もうひとつ別の感覚を研ぎ澄ましていた。

それは、気配だ。

病人には特有の気配がある。風邪や皮膚病など、見た目や症状が分かりやすい疾患では感じるまでもない。だが、心不全、肝疾患、腎臓病、癌といった外からは分かりにくい病気でも、ふっと気配を覚えるときがある。

目の前の知恵子には、診察所見はもちろん、何の気配も得られなかった。

「胸やお腹にも異常はありませんし、心配なさそうです。少し様子を見ましょう。ところで、塩分を摂りすぎていませんか？」

知恵子の血圧だけは気になった。このところ少しずつ上がってきている。

「やだ先生、疑ってるの？　ちゃんと減塩醤油にしてますよ」

患者が突然、不快そうな顔になる。毎回尋ねられて、うんざりしているのだろう。だが、確かめない訳にはいかない。

「お蕎麦のつゆは、どうされてますか？」

「もちろん蕎麦湯で薄めて、薄味で飲んでるわよ」

知恵子は、得意そうに小鼻を膨らませた。

「いくら薄めても、全部飲んでしまえばたくさん摂ったのと同じことですよね」

「どういう意味？」

知恵子が目を大きく広げた。時計を見た。もう三分経っている。そろそろ締めにかからなければ、三分半で終われない。

「トータルの塩分摂取量を減らしてほしいのです。味噌汁やラーメンのスープ、ひと月でいいですから控えてみませんか」

「ラーメンの汁はやめるけど、味噌汁も？　味噌って発酵食品で、体にいいってテレビで言ってたわよ？」

千晶に対する疑念がヒートアップしつつある。ここは引き下がることにした。

「では、お味噌汁の方は、できる限りということにしましょう。血圧の薬は続けてくださいね。また一か月後に……」

カルテを閉じようとしたとき、知恵子が改まった声を出した。

「たまには血液検査をしてくださいませんか?」

「検査したばかりです。特に異常はなかったですよ」

患者は、きょとんとした表情になった。

「いつ検査したかしら?」

「先々週、ほら、こちらのデータをお見せして、同じものを持って帰ってもらいましたが」

「あらいやだ、忘れてた」

退室を促すタイミングだ。「では、お大事に」と言いかけたところで、知恵子が目の前に両手を突き出した。

「そうだ先生。この頃、指にむくみがあるんですけれど……」

初めと同じ主訴が繰り返された。短期記憶障害か。千晶は認知症を疑った。

「ええと、浅沼さんはおいくつでしたっけ?」

「歳は……たくさん! 嫌なことは、忘れることにしてるから」

知恵子は含み笑いをしつつ目を逸らした。時間がオーバーするが仕方ない、本格的に認知症の検査をしなくては。千晶は、デスクの引き出しから認知症の検査シート「長谷川式簡易知能評価スケール」を取り出した。

「浅沼さん、これは検査ですから、頑張って答えてくださいね。今日は平成何年か、覚えていますか？」

三分半での診察終了は絶望的だ。他の患者で時間を短縮できればいいけれど。

「平成？　平成十……」

平成二十年代に入ってから、九年が過ぎている。

「では、何月何日か、分かります？」

「今朝は忙しくて、ニュースを見る暇がなかったから……」

言い繕う言葉はすぐに出てくる。これも認知症でよく見られる症状、取り繕い現象だ。

「ここは、どういうところか分かりますか？」

患者は急に険しい表情になった。

「分かってますよ！　先生は認知症を疑ってるみたいですけど、ありえません。今朝だって、ちゃんと家から車を運転してこられたし。メルセデスですよ、メルセデス。なのに、こんな失礼な先生とは思いませんでした。もう、結構です」

知恵子は、顔を真っ赤にして立ち上がった。千晶は、検査シートに「拒否のため中止」と記入しつつ、声をかけた。

「次の受診では、ご家族も一緒に来てもらえませんか？」

「マー君を巻き込まないで！　感受性が強い子なんだから。あの子には、あの子の生活があるの！」

カルテの「家族関係」の欄を見ると、結婚していない四十歳の息子と二人暮らしだった。知恵子の認知症が進めば、いずれ息子の生活はおびやかされ、どこか医療機関にかからざるを得なくなるだろう。できれば、その前に家族とコンタクトを取れればいいのだが。

それにしても知恵子の最初の印象は「Mの上」、そんなに悪い人ではなかった。認知症のせいだろうか。あるいは、自分がもっと別の言い方をすればよかったのか。

知恵子がものすごい勢いで閉めたドアは、まだ小さく震えていた。

それをぼんやりと見ながら、実家の診療所ならドアが壊れていただろうなどと考える。いや、落ち込んでいる暇はなかった。最初の患者は、まだ一日の始まりに過ぎないのだから。

看護師は無表情で、次の患者のカルテを千晶に差し出した。

保坂剛士《ほさかつよし》、五十二歳、糖尿病で通院を続けている患者だ。保坂は、診察室に入ってくるなり、持ってきた薬を千晶の机の上に広げた。

「このビタミン剤と血圧の薬は、余っているから不要です。糖尿病の薬を三十日分、それと、ヤルキンを頼みます」

「保坂さん、ビタミン剤は構いませんが、どうして血圧の薬が余っているんですか？　今日で切れるはずなんですけれど、飲み忘れですか？」

　この患者は「Mの下」のようだ。でも、ていねいに説明すれば分かってもらえるはずだと自分に言い聞かせる。

「きっちり飲んでます。薬局でオマケしてくれたんじゃないのかな」

「そんなことは、まずありえませんが」

　七三に分けたサラリーマン風の髪型で、目つきが異様に鋭い。

「ああ、そういえば血圧が正常のときは、飲んでなかったな」

　開き直った態度で理由を口にした。

「そういう飲み方は危険ですよ」

「なんで？　血圧が正常なのに？」

「突然中止すると、反動で高くなってしまうことがあるんです。説明したはずですけれど」

　続けて千晶は、最も気になったことを質《ただ》した。

「それからヤルキンを出してほしいって、どうしてでしょう？　ふらつきなどの副作用もあって、注意が必要な薬ですが？」

　ヤルキンは、ベンゾジアゼピン系抗不安薬の一種で、いわゆる精神安定剤だ。パニック障害や強迫性障害といった不安障害の治療に使われるが、依存性もあり、簡単に処方していい薬ではない。

「ふらつきなんて出なかったよ。友だちのをもらって飲んだけど、大丈夫だったから」

「もらったんですか。何ミリ錠を？」

処方薬は、医師の診察を受けた患者が飲む薬だ。Aさんに合う薬がBさんに合うかどうかは分からない。

「何ミリ……そんなの覚えてないよ」

保坂は、親指と人差し指で小さな丸を作った。

「これくらいの大きさの白い粒で、外のパッケージは明るい銀色で、青い字で薬の名前が真ん中に……」

小さな白い粒の薬など、いくらでもある。普段から医師は、薬を形状や色で区別していない。いくら包装や薬の外観を詳しく説明されても、ほとんど意味のない情報だ。

「薬の包装シートが残っていたら、この次に見せてくださいね。ところでどんな症状があるんですか？」

「どんな症状って？　やる気が不足してるから……。友だちがヤルキンを飲むと、仕事でも何でも元気が出るってさ」

保坂は目を細めてニヤリと笑った。

「食欲はありますか？　不安とか、生きていたくないとか、眠れないという症状はいかがでしょう？」

「そういうのは、ない」

千晶は首をひねった。抗不安薬が必要とは思われないからだ。

「ヤルキンを飲む必要性はなさそうですね。もし気になるようでしたら、精神科を紹介しましょうか？」

「え？　どして？　売ってくれないの？　先生、勉強不足なんじゃない？　あのさ、インターネットにも出ていたけど、ヤルキンはやる気の出ない人向けの薬で……」

保坂はどうあっても引き下がらない。かたわらで看護師が小声で「先生……」と言い、腕時計を示すのが見えた。保坂を診察室に招き入れてから、すでに十分が経過している。

保坂は両足を投げ出すような姿勢を取った。

「分かったよ、まあいいや。じゃあさ、湿布を出してよ」

まるでドラッグストアで商品を注文しているような調子だ。病院では医師が診察し、必要と認めた薬しか処方できないのが原則なのだが。

「どこかに痛みがあるんですか？」

「おふくろがちっとも歩こうとしないから。膝が痛いらしくて」

これも新たな問題発言だった。常識がないのか、それとも確信犯なのか。

「あの……。病院では、使用する本人にしか医薬品を処方できません」

「センセイは頭が固いなあ。だからさ、おふくろは足が痛くて病院に来られないんだよ。しょうがないだろ。僕が痛いってことにしてくれればいいじゃん。もういいや、もっと親身になってくれるドクターに出してもらうから」

保坂は不満そうな表情で出て行った。

親身か――。湿布薬くらい融通を利かせた方が良かったのだろうか。

要求通りに薬を出せば診察時間の節約になり、しかも患者ウケがいい。それは知っている。だが、安易に不要な薬を出さない方が、最終的には患者のためになるはずだ。そう信じて千晶は仕事をしている。

看護師も保坂のように口をへの字に曲げていた。千晶は手を合わせる。

「時間がかかってごめんね」

それにしても、あっという間に時が過ぎる。S・M・Lの順と、診察時間の長さは比例するようだ。

診察室の壁に貼られたポスターが目に入る。病院スタッフに向けて、「患者様プライオリティー」を啓発するための掲示だ。

〈患者様は、体だけでなく心も弱っています。患者様の言葉には、まず共感し、傾聴に努めましょう〉

佐々井記念病院に着任した四月、このポスターを見て感激していた頃が懐かしい。あれからまだ半年も経っていないのに、いまはメッセージを読むだけで、なぜかひどく疲れを感じる。

三人目の藤井《ふじい》典子《のりこ》は五十二歳、肝臓腫瘍が疑われる患者だった。典子は、夫とともに診察室に入ってきた。

「で、どうなんですか、先生。女房は癌なのか、癌じゃないのか、ハッキリ教えてくださいよ」

陽電子放射断層撮影《PET》検査で、肝臓に異常な影が見つかった。PET検査とは、体のどこに癌があるかを見つけ出すための新しい検査だ。ブドウ糖に放射性物質のラベルを付けて体に注射し、放出される放射線を可視化する。ブドウ糖は、癌のような細胞の増殖が盛んな場所に集まる性質がある。通常はありえない場所でブドウ糖の取り込みが激しい部位があれば、そこに癌があるかもしれないと分かる仕組みだ。ただし肺炎のような炎症部位などにも糖が集積するため、光った部分が必ずしも癌とは言い切れない。

典子はPET検査で肝臓の一部に異常な糖の取り込みが認められ、陽性と判定された。その結果、内科を受診するようにと指示を受けてここにいる。

「PET検査では、良性か悪性かの区別もつけられませんし、癌だけでなく、単なる炎症でも信号が出てしまいますので、詳しい検査をしないと何とも言えません」

藤井夫妻は、二人とも押し黙っていた。

「……でも、ある程度は分かるはずではないのですか？」

おそるおそるといった感じで、典子が尋ねた。華奢《きゃしゃ》な体つきと同様、小さくて聞き取りにくい声で。

「残念ながら、いまの段階では『疑い』としか言えません。肝生検を受けていただけませんか？」

千晶は肝臓の生体組織診断の検査日を確認するため、コンピューターのマウスを操作して院内の共有サイトを開いた。

「肝生検って、お腹に針を刺す検査ですか？」

典子がおびえたような目をする。夫が言葉をはさんだ。

「そっそれ、いったいいくらするんですか」

怒声になりそこねた、不安げなつぶやきだった。日に焼けた顔が青白くなっている。

保険適用を受けたとしても、入院のうえで数万円はかかるだろう。だが、千晶が不正確な金額を示したら、話が余計にややこしくなる。

「すみません、ここでは分からないので……」

看護師が、「患者様相談室でご説明します。後でキャンセルもできますから、ひとまず検査予約をされては？」とすすめる。

タイミングのいい助け舟に感謝した。

「けっ、検査、検査って、すぐ診断つかないんですか？　じゃあいいですよ。すぐに検査してくださいよ」

「肝生検予約」のページに進む。ディスプレイの中央に、真っ赤なカレンダーが大きく表示された。月内はすべての日が予約で埋まっている。肝生検の予約が取れるのは、最短で三週間先だった。

「……すみません三週間後になります」

「ええっ！　癌かもしれないってのに、そんなに待つんですかっ」

典子の夫は大声を上げた。

「おい、帰るぞ。もっと早く診てくれる所へ行こう」

夫は妻の腕を取り、立ち上がった。典子は、おろおろした表情で夫と千晶を交互に見ていたが、結局は夫に従う。

「ちょっ、ちょっと待っ……」

千晶はあわてて引き止めるが、夫は振り返ろうともしない。

「藤井さん、もし他病院《よそ》へ行かれるなら、これまでの検査結果を伝える紹介状をお作りしますか？」

看護師は慣れたものだ。飛び出していく患者にも「ウイ・スキー」の笑顔で声をかける。

「当然でしょ」が夫の捨てゼリフになった。

千晶は気持ちが萎えるのを抑えつつ、引き出しから紹介状の用紙を取り出す。ドアを隔てた内科の受付から、夫の大きな声が飛び込んできた。

「なんで紹介状に金がかかるんですか。そっちの検査が遅いせいなんだから、患者に負担させるのは変でしょ」

本当は妻思いのいい人なのだろう。藤井夫は妻のことが心配なあまり、Lのような言動になってしまったに違いない。気持ちは分かる。けれど、だからといってここで千晶にこれ以上のことはできない。

壁の時計が九時三十二分をさしていた。考え込んでいる場合ではない。まだ三人しか診ていなかった。ひとり三分半の予定が倍以上になっている。待たされる患者が気の毒だ。

とにかく次の患者を呼ばなくては――。

その後は「いかがされましたか？」で始める代わりに、「お待たせしてすみません」という言葉から入った。ひたすら待たせたことを詫び、患者を診続ける。最後の患者を診察し終えたときには、午後二時半を過ぎていた。

千晶は首筋を手でもみほぐしながら、診察室を出る。

「お疲れ。千晶先生、大丈夫？」

隣のブースから、浜口陽子《はまぐちようこ》が出てきた。がっちりした体型で姐御肌《あねご》、六歳上の先輩だ。専門の心臓病については特に詳しい。いつも親切で、千晶は最も頼りにしていた。

「陽子先生も、いま終わったところですか？」

普段、陽子は患者を正午には診終えていたから意外だった。

「そうなのよ。今日は新患が五人もいたから」

「五人もですか」

新患——つまり、いつもの通院患者ではなく、初めて受診する患者のことだ。新患に対しては、それまでにどんな病気をしたのか、手術歴の有無や、いま現在、他の病院で受けている診断名や内服薬について、最初から尋ねる必要がある。このため診療時間は、病状が安定している通院患者の数倍かかるのが常だ。それが五人となると、たっぷり一時間以上はかかる計算になる。

午後は、三時半からの拡大医局会議に出なければならないし、その前に入院患者の回診が待っている。もはや千晶たちには、まともに昼食を摂る時間も残されていなかった。

陽子とともにコンビニでサンドイッチを買い、医局へ戻る。雑然とした部屋の中央にあるソファーに座った。テーブルの上を占拠する医学会誌や新聞をどけてレジ袋を置き、ひと息つく。

「Mの下」やL患者との会話は、へたくそなキャッチボールを続けているようなものだった。医療に対する誤解、無秩序な薬の服用、検査拒否……。一生懸命に説明を尽くしても、患者の心へは届かない。受け止めてもらえなかったボールは遠くへ流れ、ときには目の前で叩き落とされる。

大学病院ではどうやっていただろう。大学の看板や、細分化された専門性に守られていたことに改めて気づかされる。

父は診療所でどう対処しているのか。

「陽子先生は患者さんたちから何か言われませんか？」

陽子の表情が一瞬、固まった。

「私、患者さんからのクレームが多くて参りそうなんです」

千晶がこぼすと、陽子はため息をついた。

「病院がデパート化したからね……」

「デパート化、ですか？」

陽子は暗然とした顔でうなずく。

「昔は、『治療さえ受けられればいい』というのが世間の空気だった。けれどデパートみたいに綺麗なインテリアに囲まれて、『病院はサービス業』というイメージが強くなったからクレームが増えたって聞いたわ」

「サービス業だから、サービスに不満があれば苦情を言うのは当然、ということですか」

「簡単に言えば、そうね。患者さんに悪気がある訳じゃない。医者《こっち》が歩み寄らなければ」

陽子の言葉は、どこか自分に言い聞かせているようにも思えた。昔がいいとは思わない。だが、わざわざ患者のクレームを誘発しているような現状もしっくりこない。

「さ、食べよ、食べよ！」

陽子が「体力もたないよ」と言いながら、千晶の手にサンドイッチを載せる。陽子の明るい声に励まされるように、千晶はサンドイッチの包装を開ける。卵サンドをほおばりながら、ふと陽子の手元を見た。サラダに野菜ジュースだけだ。

「それだけ、ですか？」

「ほら、この間の健康診断のせいよ。体重が去年より増えちゃって……」

陽子はたいして大きくもない腹をさする。

「主人は、このままでいいって言ってくれるんだけどね」

たまにある陽子ののろけ話だった。

「ご主人、基礎系の研究されてるんですよね？」

「そうよ。医大の細胞免疫学教室に残って研究員やってるのよ。ちっとも稼がないで、論文ばっかり書いてる。子供がいないからいいけど、一緒に食事する日も少なくて。千晶先生、結婚の予定は？」

「結婚する気なしです。だってこの忙しさ、無理ですから」

口元を拭ったウェットティッシュを小さく折り畳みながら、千晶は首を振った。過去に恋人がいなかった訳ではない。けれど仕事を優先しているうちに、自然に消滅した。それで良かったと思っている。精進《しょうじん》と言うと格好良すぎるかもしれないが、まずは自分が納得できるまで全力で仕事をしたい。

「あら、そうなの？　私はまだ子供をあきらめてないわよ」

陽子が少し恥ずかしそうに笑う。

「ご実家、富士五湖の近くって言ってたわよね？」

飲み会か何かの席で話したことがあった。

「ええ、向こうで父が診療所をしていまして。母はちょっと体調不良なんですが、代わりに妹が医療事務も一手に引き受けています」

「お父さんと一緒に働く予定は？」

不意を突かれた。何と答えるべきだろう。「昼休み」の時間はほとんど残されていない。昨晩の留守電の件を長々と話す訳にはいかなかった。それにまだ、この病院は勤め始めたばかりだ。少なくとも数年間はここで学びたいと思っているし、やる気を疑われたくもない。診療所を継ぐとしても、ずっと先の話だ。それでいいのかという気持ちもかすかにあるが。

「……いやいや、全く考えていません。父の医療は古臭くて学ぶところがないんです。それに、限界集落っていうんですか？　樹海の近くにある村里は閉塞感が強くて。そこそこ患者さんは来てくれるから経営は成り立っているんですが」

父があと三か月半で辞めると言ったことは話さないでおく。迷いの存在を知られたくなかった。いや、千晶自身も本当に迷っているのかどうかすら分からない。

「お父さん、おいくつなの？」

「七十四歳です」

他に誰もいない医局に沈黙が流れた。

「……まあ確かに、親子二代でうまくやっている病院なんて見たことないから、無理することもないわね」

そう言って陽子は、千晶にいたずらっぽく笑いかけた。

拡大医局会議は、物々しい雰囲気で始まろうとしていた。会場に指定された七階の院内ホールには、内科、外科など各診療科の医局に所属する医師三十八人全員が集められている。ここに各科・各病棟の看護師長、事務職員らが加わって開会を待っていた。異例の形で開かれるこの日の会議では、病院のサービス向上をさらに推し進める方針が打ち出されると聞いていた。医師の態度をとことんまで矯正し、患者の前にひざまずかせる——。だが、そんなことが本当に患者のためになるのだろうか。この種の院内会議は、出席するたびに憂鬱になるばかりだった。千晶はぎりぎりまで病棟の回診を続け、最後列に座る陽子の隣にすべり込んだ。

午後三時半きっかり、佐々井記念病院の理事長兼院長である佐々井宗一郎《そういちろう》と事務長の高峰《たかみね》修治《しゅうじ》が登壇した。五十四歳の佐々井より何歳か年下のはずだが、高峰は身長で院長を大きく上回り、押し出しもいい。先代の院長、つまり佐々井の父親から全面的な信任を得ていることが院内で大きな力になっていると聞いた。

佐々井院長が開会の辞を述べた後は、高峰事務長が、マイクを握って会議を仕切った。

それはもはや、事務長による一方的な宣言とも言えるものだった。

今後は、週二回のペースで「患者様プライオリティー推進委員会」を開催する。特に医師は必ず出席すること。委員会では、「患者様プライオリティー」の質を高めるための方策を議論し、院内全スタッフに対する徹底を目的とすること――などが言い渡された。

「現代の高度医療社会にあっては、患者様の医療機関への期待値は非常に高い。物心両面、すべてにおいてです。情報力のある患者様の目と耳は肥え、病院が提供するサービスと成果に対する評価は、日に日に厳しくなっています」

それは千晶も痛感している。背景にあるのは医療情報の洪水だ。各種の病院ランキング本、「名医」や「神の手」が毎日のように登場するテレビ番組、玉石混淆《ぎょくせきこんこう》のウェブサイトを通じて、強固に理論武装している。

「一方で、医療リソースの地域的な偏在は顕著で、首都圏にあっては、病院間の過当競争が熾烈を極めております。当地・川崎市も同様であります」

都市部では病床が余っている。病院の会議では、耳にタコができるほど聞かされていた。川崎市内では、国が約四千と定めた基準病床数に対して約八百床が「過剰」とされている。精神科の病床も含めると、県内全体で過剰なベッドは約千五百床にのぼると聞く。

「これに診療報酬のマイナス改定が加わり、病院同士がしのぎを削る患者争奪戦は、絵空事ではありません。時代に取り残された病院では、すでにリストラ、吸収合併、閉院、自主廃業が現実のものとなっています。だからこそ当院は、他院と差別化を図るべく、患者様プライオリティーの戦略を最大限に活用しなければなりません。受診患者数の維持はマイルストーンに過ぎず、撤退する病院の受け皿として五割増しを見込んでいます」

前列に座った年配の医師が、隣席の医師に小声で尋ねた。

「マイルストーンって何？」

「日本語なら一里塚。プロジェクトの中間目標ってことですよ」

そう答えたのは、カネゴンこと金田《かねだ》直樹《なおき》。千晶と同じ内科所属で二年上の先輩だ。

「ふうん、銀行屋らしい言い回しだなあ」

高峰事務長は確か、四菱銀行の出身者だ。本店の営業部長を務めたものの早期退職。先代の院長から三顧《さんこ》の礼《れい》で佐々井記念病院に迎えられた元エリート金融マンという話だった。

「医局にある先生方の机は、畳半畳分です。その土地代は、先生たちがいない時間も病院が負担しなければならないんです。皆さんがいるだけで、必要経費が発生しているんですよ」

しわひとつない白いワイシャツにはカフスボタンが、ネクタイにはタイピンが付いている。革靴は先が細く、光っていた。隣に座る佐々井院長の、白衣の下にはポロシャツという機能重視のスタイルとは大違いだ。

「利益を生まなければならないというのは、経営のいろはの『い』ですよ。赤字になって、どうやって皆さんの給料が出ると思っているんですか、セ・ン・セ・イ・ガ・タ！」

マイクを持つ手首に巻き付いたロレックスが激しく揺れた。院長はどこか憮然とした表情でマイクの主を見上げる。人の好い三代目院長は、かつて脳神経外科医としては知られた存在だったが、マネジメントはあまり得意ではないという。病院経営の主導権は、完全に高峰事務長に握られている。

やがて壇上の事務長は、演説の締めくくりに入った。

「……今日この瞬間から患者様プライオリティーは、単なる運動やかけ声ではなくなります。これは、佐々井記念病院の生き残りをかけた経営戦略です。先生方の生活を安定させるためにも、どうぞしっかりご認識ください」

閉会の言葉と同時に、椅子と床の擦れ合う音があちこちで響いた。医師たちの顔はどれも暗然としているように見える。病院という職場の中で、医師や看護師、介護士の多くは「転職組」だ。組織への忠誠心以上に、仕事そのものへの情熱が身を支えている面が大きい。一方で機敏な動きを見せるのは、事務局の職員たちだった。事務職員も別の業界や他の病院での勤務を経た人が少なくないはずだが、高峰は彼らをきっちり統率している。こういうのがマネービジネスの世界で身に付けた力量なのか。

「恐怖政治かよ――ったく、むかつくな」

ギャラリーのようなホール前室を抜けて階段を下り始めた千晶と陽子に、後ろから声がかかった。スタバのグランデカップを手にした金田だ。

「クレーマーみたいな奴らも患者サマなのかねえ。そこからお手当てをいただいてるって、俺らは立派なお医者様だな」

金田の言葉はいつも以上に冷たく、皮肉っぽかった。

「クレーマーって疲れるよね、カネゴン」

面と向かって金田を「ウルトラQ」の怪獣名で呼べるのは、陽子くらいだ。

「クレームなんて、しょっちゅうですからね。僕は慣れちゃいましたよ。あいつら、言わなきゃ損だっていうくらいの勢いですから。こっちもそう思って対応すればいいだけです」

「ど、どう対応すればいいんでしょう？」

千晶は思わず身を乗り出した。

「クレーマー対応の方法？　そんなの配られたマニュアルに書いてあるんじゃない？」

金田が言うのは「佐々井記念病院　患者様対応マニュアル」のことだ。高峰事務長の発案で、全職域の職員向けに〈What to do/How to do〉がまとめ上げられたものだった。黒表紙の大冊で、題字横には「院内限り」の文字が赤く印刷されている。

「俺、暇じゃないし。そもそも新人の指導料なんて一円ももらってないから」

金田は引きつったようなせせら笑いをし、千晶たちを追い抜いていった。

「カネゴンはホントにカネゴンだわ。千晶先生、気にすることないからね。あの性格は手の施しようがないから」

金田の背中を見送りながら、陽子がため息をつく。

「カネゴンも彼なりに患者のことを考えてはいるんだと思うけど」

医局はごった返していた。ホールから戻ってきた医師たちが、いったんここを経由してから午後の持ち場へ散るためだ。

午後の面談予定を確認しようと、千晶は手帳の入ったポケットに手を入れた。折りたたまれた紙が手に触れる。今朝、階段で拾ったものだった。

「そういえば……」

「何？」

陽子にそのメモを見せると、「へぇ」と言いながら、ほとんど読みもせず半分にたたんだ。そして、ふと話題を変えるように「実は私もね」と白衣から茶封筒を出した。中央に「御礼」と書かれている。現金が入っているのだろう。

「五万円。今朝、患者さんからポケットにねじ込むようにして入れられたのよ。返そうと思ったら、もう姿が見えなかった。走って追いかける訳にもいかなくて」

病院では、「心づけ」を絶対にもらってはならないという規則がある。万が一断り切れなかった場合は、病院事務局を通して返す仕組みになっていた。

「これから事務に届けに行ってくるね。ついでに、この紙も持っていってあげる。個人情報かもしれないから」

陽子は「善は急げ！」と言いながら立ち上がる。千晶が拾った紙は、五万円の封筒とともに陽子のポケットの中へ消えた。


午後九時半を回った。千晶は退院患者の病歴要約を書きながら、午前中に会った外来患者を思い起こしていた。

認知症が疑われる浅沼知恵子は、母の姿と重なった。知恵子が見せた兆候は、母の数年前と同じだ。ふと思い立って、千晶は地下一階の診療情報管理室に向かった。

知恵子のカルテを「本日の受診者」のラックから取り出す。すでに夜間の時間帯であることは気になったが、思い切って知恵子の自宅に電話した。息子が出ますように、と祈りながら。だが、誰も電話には出なかった。

おふくろの湿布薬がほしい――と言っていた保坂の顔を次に思い起こした。同じ名字の女性患者のカルテを探す。住所が一致していたことで、簡単に見つかった。

処方内容をチェックした。湿布薬だけでなく、血圧の薬も処方されていた。日数を計算すると、もうすぐ切れそうだ。保坂は母親から湿布しか頼まれていなかったのだろうか。

保坂に電話する。電話口に出た男性は、露骨な警戒感を漂わせた。

千晶は突然の連絡を詫びた後、いくつかの提案を示した。

「お母さまは血圧のお薬もあるようですから、近いうちに処方を受けられた方がいいですよ」

「……用件はそれだけ、ですか？」

「はい？」

千晶は動悸がするのを感じた。自分が非常識なおせっかいをしているような気分になる。

「そんなことで、わざわざ電話をもらえるなんて思いませんでした。先生、ありがとうございます」

保坂の声は少し驚いているようだった。礼を言われて正直嬉しい。

診療情報管理室を出る前に、もうひとつだけ確認したいことがあった。ＰＥＴ検査で陽性反応が出た藤井典子の件だ。

作業デスクに据えられた端末から肝生検の検査予約システムにアクセスする。ウィンドウを開くと、それまで真っ赤に染まっていたカレンダーの一角に、ぽかんと白いマスがあった。キャンセルが出たのだ。五日後だった。ちょうどいい。マウスを扱う手が乱暴になる。猛烈なスピードで自分のＩＤ、パスワード、それに患者名を入力し、「予約」ボタンを押す。

「取れた！」

五日後の検査枠を、典子のために押さえることができた。すぐさま典子の家へ電話する。時間は構っていられなかった。

電話口に出た典子は、「あのときは主人が、その、随分と興奮してしまって。すみませんでした」と頼りなげな声を返してきた。

千晶が詳しい事情を説明していると、「ちょっとお待ちください」と言って夫に代わった。

「ぜひ検査を受けさせてください。先生、どうか女房を助けてやってください……」

その声は少し震えていた。

これで今日の仕事は終わった。千晶はようやくそう思うことができた。

医局に荷物を取りに戻り、二階から再び裏階段を下りる。外来診察室と待合室は、常夜灯の下に沈んでいた。西側奥にある夜間救急の出入口だけに灯りが残る。

「千晶先生、ですね？」

暗闇の中で声がした。

「こんばんは」

誰？　どこから？

手前の長椅子に横たわっていた人影が、突然むっくりと起き上がり、千晶の前に立ちはだかった。背の高い、五十歳くらいの男性だった。

「今日、僕は診察時間に間に合いませんでした」

いったい何が言いたいのだろう。それに、この患者には会ったことがない。なのに、下の名前で呼ばれている。

「そ、そうでしたか……」

千晶は、何と答えてよいか分からず口ごもった。

「優しそうな女医さんが来たって、評判ですよ」

男は、黒々としたオールバックの頭を突き出すように笑いかけた。黄色い縁のメガネ。前歯が欠けている。

苦手な人物だと直感した。千晶は反射的に目を伏せる。

「あの、急ぎますので」

バッグを小脇に抱え、歩みを進めた。

千晶の背後から、よく通る声が投げかけられた。

「これからは僕、千晶先生に診ていただきます。よろしくお願いします」

それが座間《ざま》敦司《あつし》との初めての出会いだった。


武蔵小杉は、病院の最寄り駅からひと駅の場所にある。

千晶の住まいは全室ワンルームの造りになっているマンションの八階だった。どうせ寝に帰るだけだから、広い部屋は必要ない。それよりも駅に近く、生活に便利な方を優先した。宅配便は管理人が預かってくれるし、ゴミ置き場の整理もしっかりしている。機能性は抜群だ。

玄関には、段ボールに入ったペットボトルの水があった。入ってすぐのキッチンカウンターには、食器が少しだけと大量の本が積み上げられている。「台所」として使っていないのが一目瞭然だ。そのまま進むと、左手に事務用のデスクとソファー、右手にはセミダブルサイズのベッドがある。

今夜、電話機の光は点滅していなかった。あれからまだ妹に電話を返していない。

父が昨年、「七十五歳までに診療所を辞めたい」と打ち明けたとき、家族は誰も信じていなかった。だが、それはやはり本気だったのだ。

自分が戻らなくても、パート医を増やせばいいという考えは甘いようだ。

父の診療所が、近く廃院になる――。自分はここにいていいのだろうか。

千晶はベッドに寝転がった。脈を手首で取りながら息を吸う。

――トク、トク、トク、トク、トク……

続いて少しずつ息を吐く。

――トック、トック、トック、トック……

わずかな差だが、吸気のときに脈が速くなり、呼気で遅くなる。医学生が全員、習うことだ。

メカニズムは単純だ。人間の脈の速さを左右するのは、交感神経と副交感神経だ。交感神経は闘争の神経、副交感神経はリラックスの神経とも言われる。敵と戦うときは闘争の神経が働き、十分に酸素を消費できるように脈は速くなる。逆に食事や睡眠などではリラックスの神経が働き、心臓の活動がゆっくりになる。

息を吸うときは交感神経が刺激され、吐くときは副交感神経が刺激される。だから、吸うときに脈が速くなり、吐くときにゆっくりになるのだ。

千晶はとにかく緊張しやすい性格だった。たとえば外傷の縫合だ。普段の練習ならできるのに、いざ患者を前にして傷を縫おうとすると、手が震えてしまう。いくら「リラックス」「平常心」と気合いを入れても、直らなかった。

ところが二年前、運動不足解消のために体験したロシア武術「システマ」の教室で、リラックスする方法を手に入れた。

システマ独特の、呼気を刺激する呼吸法《ブリージング》がある。鼻から息を吸い、口から「フッ」と吐く。これを一分間に百回くらいの速度でフッフッフッフッと繰り返す。

スピードの目安は、「地上の星」や「アンパンマンのマーチ」、あるいは「ステイン・アライヴ」だ。関係ないが、心臓マッサージのスピードと一致する。

この方法で呼吸することによって気持ちが落ち着き、縫合時に手が震えなくなった。以来、システマが好きになった。

「システマは、安全にお家に帰るための武術だよ」

千晶は、講師の吉良大輔《きらだいすけ》からそう教わった。闘いを主目的とせず、相手の攻撃から身を守る護身術のような武術である、と。システマはロシア語で「仕組み」を意味する。心身の仕組みから集団心理まで、さまざまな人の動きに関するメカニズムを解明し、身の安全のために活用する方法だという。

だがそもそもは、旧ソ連の特殊部隊《スペツナズ》から伝わった武術らしい。工作員たちの間で秘密裏に受け継がれていた教えが、ソ連の崩壊で世界に広まるようになったという。吉良講師は、素人を怖がらせないようにオブラートに包んで説明してくれたのだろう。

システマの呼吸法で平常心を取り戻す。恐怖心や緊張、焦りを取り除き、よいパフォーマンスができるような状態を作る。その精神性も千晶は気に入った。

仕事が忙しくて何度も教室を休みながら、それでもやめずにいる。その理由は、講師がイケメンだからだけでなく、素の自分に戻れるからでもあった。教室では、自分が医師であることは話していない。自意識過剰かもしれないが、その方が自然体でいられて楽なのだ。

急に眠気が差してきた。ベッドから起き上がり、シャワーを浴びる。アーモンド飲料とアサイージュースを飲みながら、メールをチェックするが、特に大事な用件はない。ほっとしてソファーに座り、テレビをつけた。深夜のバラエティ番組はどれも騒々しく似たようなものばかりだ。興味が湧かず、しばらくチャンネルを替え続けた。

久しぶりにモンステラの水やりをする。葉が増えすぎた。ハサミを持ってきたものの、けなげに伸びた葉はどれもいとおしく切ることができない。ハサミを戻し、埃っぽくなった葉をティッシュでなでる。

テレビを消し、スクワットを行うことにした。回数は一回だけ。

ゆっくりと時間をかけて、徐々に沈み込む。中腰の、いわゆる「電気椅子」の姿勢を保つ。苦しくなると、「フッフッフッフッ」と呼吸法を繰り返す。リラックスの神経、迷走神経を刺激するためだ。これによって、つらさでパニックになった心が落ち着き、より長く頑張ることができる。

最初は三十秒しかできなかったスクワットが、いまでは三分近くまで続けられるようになった。

スクワットが終わると、そのままベッドに倒れ込む。ワインの力を借りず、あっという間に眠りに落ちた。

第二章　夜間当直

1

夜間に来院する患者は、クレーマー度が高い。本当に医療が必要なSを除けば、Lか、良くて「Mの下」が多かった。

昨日から病院の花壇には、白い草花を背景にワレモコウの赤い花が音符のように並んでいる。根は湿疹や火傷《やけど》の治療薬として知られる花だ。患者の回復と癒しを願う病院の思いが表れていると千晶には感じられる。それらが夕闇に隠れてしまう時刻になると、患者の心には届かないのだろうか。

千晶はこの日、夜間当直勤務についていた。内科医の業務は、大きく時間で分けると四種類ある。午前外来、午後外来、入院患者の回診、夜間当直だ。毎日、午前外来か午後外来のどちらかを受け持ち、空いた時間は回診に充てる。当直は、急病の患者や負傷者の診療を旨とし、千晶のシフトは毎週一回めぐってくる。

業務の名称は「夜間」の当直だが、シフトは午後五時に始まる。朝から通常業務をこなした後に終夜の勤務に入り、翌朝まで来院するすべての患者に対して全責任を持つのだ。仮眠を取ることも許されているが、断続的な業務のため実際には「不寝番」となる。

当直明けの日も通常業務が待っているので、一睡もせずに三十六時間の連続勤務を覚悟する必要があった。ここ佐々井記念病院に限らず、多くの病院でそのような勤務体制が当たり前にとられている。

その夜、最初の患者は、予約した外来の診療時間に間に合わず、午後五時過ぎにやってきた六十代の男性だった。本来の「急患」ではないが、診療を拒むことはできない。きちんとした会社の、それも役員クラスの雰囲気で、高級そうなスーツを着込んでいる。千晶はていねいに頭を下げて、これからの時間は当直医が担当する旨を告げた。

「あんたじゃダメだ。いつもの金田先生を呼びなさい」

男は、いきなり命令口調だった。診察時間が過ぎたと説明しても納得しない。例の分類からすれば、完全にLの患者だ。

Lの患者を前にすると、緊張で千晶は病気の気配が分からなくなる。聴診しながら感じる病気独特の気配――それは、千晶の医師としての診断力に強く影響する。

患者から症状を聞き取るのをあきらめ、千晶は金田の携帯電話に連絡を入れた。

「金田先生、診察室に来ていただけませんか？」

「どうしたの、千晶ちゃん。俺に会いたいの？」

金田はふざけた調子で返してきた。

「違います。金田先生の診察を強く希望される患者様がいらっしゃるんです」

金田医師の背後から、電車のアナウンスが聞こえた。

「そんなに会いたいのかあ。でも無理だよ。もう院外だから。ごめんねえ」

いきなり通話終了の電子音が鳴った。仕方がない。覚悟を決めるしかなかった。

おそるおそる患者の方に向き直り、「金田は病院を出ました」と告げる。驚いたことに、患者は「ちぇっ、出直しかよ」とあっさりカバンを抱えた。

「受診しなかったんだから、会計なしで帰っていいよね？」

腹が立つほど軽い調子だ。それなら大騒ぎせず、最初から予約を取り直してほしかった。小さくため息をつき、千晶は椅子の背もたれに体を預ける。

夜間診察室にあるデスクは大きく、真新しい。改装前の老朽化した備品類は、ほとんど残っていない。ＬＥＤに切り替わった照明は、部屋の隅々までも明るく照らす。

七年ほど前だ。大学病院での前期臨床研修が終わったばかりの頃、千晶はここへ月一、二回の割合で当直のバイトに来ていた。当時は本当に古くて暗い病院だった。だが三年前にメイン病棟が新しく建て替わり、すっかり現代的な雰囲気に変貌を遂げた。それと同時に、患者が攻撃的になったように感じる。やはり陽子が言ったように、病院がデパート化したからだろうか。

二つ目のため息が漏れた。

「どうされたんですか、真野先生？」

看護師が笑顔で尋ねる。午後五時半。まだ宵の口にもならない時間帯では、夜間救急に患者はほとんど来ない。準夜勤の看護師も手持ちぶさたで、医師と雑談する余裕があるようだ。

「以前、私が当直バイトに来た頃を思い出していたのよ。こんなにクレームをつける患者はいなかったなあって。デパート化も疲れるよね」

二十代後半と見える看護師は、きょとんとした表情になった。だが、ふと何かに気づいた様子で千晶に顔を近づけてきた。

「『患者様』ですよ、先生。呼び捨ては事務長の通達違反ですから」

千晶は、「あ、そうね」とうなずく。笑顔が引きつっていたかもしれない。

千晶はデスクの本立てから、「患者様対応マニュアル」を引き抜く。共用のデスクひとつひとつに備えられているものだった。

〈一、感謝。クレームにはまず感謝しましょう。ひとりの勇気ある患者様の言葉は貴重です。その陰には、言いたくても言えない患者様が五十人はいるのです。クレームを伝えてくれた患者様には、「わざわざご指摘くださってありがとうございます」という気持ちを持つことが大切です〉

〈一、謝罪。まずは患者様に謝罪の言葉を述べましょう。病院は接客業でもあります。どんな理由があるにせよ、患者様を不快にさせてしまったのですから、そのことについて謝罪するのは何の問題もありません。謝罪により、患者様は、私たち佐々井記念病院を『聞く耳を持ったスタッフの集まりだ』と認識してくださるのです〉

〈一、傾聴。患者様がどのように不快に思われたのか、詳しくお尋ねしましょう。十二分にアイコンタクトを取り、深くうなずきながら、ゆっくりとていねいに患者様のペースでお聞きするのです〉

マニュアルと言いながら、巻頭から精神論のような記述が続く。これを初めて読んだときは、わざわざ書き示されなくともたやすいことだと考えていた。難しい病気の診断や高度な技術が必要な医療処置より、はるかに簡単だと。だが、それはとんでもない思い違いだった。

マニュアルを閉じようとした、そのときだ。開いたページに、細かな書き込みがあるのに気がついた。薄い鉛筆書きだ。

「感謝」の項の末尾に、「悪意のクレームが、医師のやる気を削《そ》ぐ」。

「謝罪」の末尾には、「不快になる患者が悪い。治療には本来、我慢と忍耐が必要」。

「傾聴」には、「医師の話を聞かない患者が多すぎる！　こんなん、やってられるか！」。

当直勤務のつれづれに、誰かが書き込んだものだろう。いたずら書きの類ではあるが、同僚の本音にふれたような気がして頬がゆるむ。

「先生、患者様です！」

看護師の言葉で我に返り、千晶はマニュアルをデスクの隅に押しやった。

それからは立て続けに患者が来院し、診察室に人の出入りが途切れることはなかった。ようやくひと息つくことができたのは午後九時を少し過ぎた時間だった。

弁当を買うため、コンビニへ向かう。

外来待合室の中央、総合受付の前を通ると、奥で何人かの事務職員が残業をしていた。見知った顔もある。千晶が佐々井記念病院に着任した際、自分は甲府出身だと挨拶に来てくれた入職二年目の渡辺《わたなべ》美咲《みさき》だった。

「患者様のリクエスト、この頃は先生やナースに向けられるだけじゃないんですよ」

先月、駅までの帰りが一緒になったとき、そんなことを美咲は言っていた。「クレーム」という言葉を使わず、「リクエスト」と表現していたのが印象的だった。

「私たち事務職員の制服デザインや、庭木の種類にまでリクエストが入るんです。それに事務長は最近、ドクターを指名制にして、患者様から指名料を取れないかどうか主任に調べさせていましたよ。まるで美容院みたいですね」

美咲は「あ、いまの内緒ですよ」と、人差し指を口元に当てた。指名料を取れない医師は給料を減らされるのだろうか。千晶は笑いながらも、何とも言えない気持ちになった。

医局で弁当を食べ終え、学会誌に目を通し始めたタイミングでPHS《ピッチ》が鳴った。外来の看護師からだ。患者が押し寄せてきているという。壁の時計は夜十時を回っていた。

二階の医局を飛び出し、裏階段を駆け下りる。一階に着き、待合室へ続くドアを開けた。飲料の自動販売機が並んでいるが、省エネモードで明かりは消えている。その薄暗い一角に、男が立っていた。

息が詰まった。とっさにシステマの呼吸法をして身構える。

男は、座間だった。

「ざ、座間さん？　ここで何してるんですか？」

リュックを背負った座間は、首から下げたタオルで額とメガネをぬぐった。

「千晶先生、僕の名前を覚えてくれてたんですね」

座間は、嬉しそうに唇をなめた。

「ウォーキングの途中だったんですけどね、喉が渇いちゃって。自販機がある所、ここしか思い浮かばなかったんですよ」

そう言ってペットボトルを掲げてみせる。飲み物を買うために病院にわざわざ立ち寄ったというのか。

「こう見えても僕ね、体を動かすのは好きなんですよ。いま唯一の気晴らしはウォーキングかな。僕、一日中おふくろの世話をしてますから」

千晶の心がチクリと痛む。

「先生は、家にも帰れず大変ですね。ご苦労様です」

座間のねぎらいが皮肉のように感じられる。

「今日は当直なんです」

言い訳のように答えた。

「だから知ってますよ、もちろん」

座間は、さらりと言った。なぜ当直と知っているのか？　またも疑念が膨らんでくる。

こちらの不審を察したのか、座間はふいと背中を向けて歩き出した。ペットボトルの飲み口を逆さに握り、ラケットでも振るような動作をしながら。ボトルはよく見るとラベルが剝がされており、使い回しの物のようだ。飲み物を求めて病院に立ち寄ったというのは嘘だろう。

理解できない言動に、嫌悪感すら覚える。

千晶は逃げるようにその場を離れた。息を切らして診察室に入る。

「こんなに来ています」

看護師がラックに並んだカルテの束を示した。今夜は仮眠すら取れないかもしれないと気が遠くなる。

医師は自分の生活を顧みず、患者のために献身的であることが期待されていると言った先輩がいた。だから尊敬もされるのだ、と。

患者のために自らの犠牲をいとわない医師が多いのは知っている。けれど、医師になったからには全員が寝ずに働くのが当然と考えられているとしたら、危険だ。もし睡眠不足で医療ミスをしたら、元も子もないではないか。

「先生？」

看護師に促され、千晶は自分が考え込んでいたことに気づいた。頭を振り、最初の患者を呼び入れる。患者は、明石公則《あかしきみのり》、三十九歳。腰部に痛みを訴えているという。

「いってててて。腰がいてーから、痛み止めを打ってくれ」

看護師から手渡されたカルテの下部には、赤くて丸いシールが貼られていた。問題のある患者の印だ。看護師が、千晶に耳打ちした。

「ペンタジン常習者です」

ペンタジンはオピオイド系の鎮痛剤で、麻薬のように強い作用を有するが、薬物依存にはならないとされている。それにもかかわらず目の前の患者は、この鎮痛剤を頻繁に打ちに来る。

明石のカルテをさかのぼると、三年前に腎結石の疼痛発作を起こしていた。その際、激しい痛みはペンタジンの注射により治療されたと記載されている。明石はそのときの快感が忘れられず、ちょっとした痛みにもペンタジンの注射を求めて来院するようになったのだろう。

聴診器を当てるために上衣を上げさせると、胸に入れ墨があった。口を開けてもらうと、舌にピアスが刺さっている。こっちの方が、よほど痛そうだ。

腹の触診を行う。どこを押しても痛いと言うが、その表情に変化はない。

「どこが一番、痛むんですか？」

「腹がいてーんだよ！　早くしてくれよ」

明石は診察ベッドの上で丸まった。看護師が小さく噴き出す。

「あれ？　痛いのは腰じゃなかったっけ？」

明石はしまったという表情をしたが、すぐにまた眉間にしわを寄せた。

「腰も腹も、どっちもだよ！　とにかくその辺が全部痛いんだから、さっさとしてくれよ」

痛みがどこにあるのかさえ怪しくなってきた。

「じゃあ、まずお腹のレントゲンと採血と……」

千晶の言葉を、患者がさえぎった。

「んなもん、要らねえって！　いいから痛み止め、さっさと打てよー」

千晶も譲る訳にはいかない。カルテには「ペンタジン常習者。対応は慎重にすること！」と佐々井院長のコメントが書かれていた。院長のチェックが入るのは異例のことだ。指示をおろそかにすることはできない。いや、院長指示の有無にかかわらず、診断して治療するのが医療の基本だ。

「本当に鎮痛剤の注射が必要な病気かどうか、診断してからです。重大な病気を見逃してもいけませんからね」

明石は露骨に舌打ちをした。

「患者の俺が大丈夫って言ってんだから、大丈夫なんだってば。大した病気じゃないから、痛み止めだけ打てばいいんだよ」

「大したことないなら、痛み止めの飲み薬、ロキソニン錠を出しておきます」

明石は顔をゆがめた。ベッドから起き上がると、千晶の前に立ちはだかる。

「ざけんじゃねえよ、センセー。いいからさあ、黙っていつもの打てよ」

こういう場合にはどう対処すればいいのか——千晶はシステマの呼吸法をひたすら続けつつ、患者とにらみ合う。

「立てるんですか。痛みは消えたんですね？」

気づくと、平然と言い返していた。自分でも信じられないくらいだ。患者は再び「いててて」と言いつつ、ベッドにうずくまった。

待合室で、大きな物音がした。

「先生っ、すぐ来てください！　患者さんがっ」

診察室の外へ飛び出す。

五十代くらいの太った男性患者がフロアに横になっていた。顔色が見るからに青白く、低酸素の症状だ。喘息による呼吸困難を起こしている。こんなふうに、すぐ治療しなければならない患者にこそ夜間当直で対応する意味がある。

看護師と千晶が二人がかりで担架に乗せようとした。だが、患者の大きな体は一向に動かない。患者の唇は黒に近い紫色になっている。

「お手伝いしましょうか？」

思ってもみない方向から声がかかった。振り向くと、警備員がいた。蓮見勇夫《はすみいさお》という名札を付けている。六十代半ばに見え、少々頼りない。だが彼は、「そこにいる人、ちょっとこっちへ来て手伝って」と有無を言わせぬ調子で廊下の隅へ声をかけた。なんと、そこには座間が立っていた。あのとき、そのまま帰ったのではなかったようだ。

蓮見が患者の脇に手を入れて体を持ち上げ、座間が足を支える。そのまま診察室のベッドまで運び入れてくれた。「また何かありましたら、いつでも」と蓮見は出て行った。

千晶はすぐに酸素吸入とステロイドの点滴を開始する。徐々に落ち着きを取り戻した患者の唇は、きれいな赤色になった。

「吸入薬が切れたのに気がつかなくて……」

発作を抑える薬のストックが底をついてしまった喘息患者だった。

「すみませーん！　お願いします」

今度も待合室からだ。泣き出しそうな若い男の声だった。

「彼女の具合が悪いんです！」

若い女性がもうろうとしている。カルテには「笠原祥子《かさはらしょうこ》（22）」と書いてある。

「笠原さん、分かりますか？」

祥子は返事をしないばかりか、目を開けることすらできなかった。意識状態が悪いというのは脳に異常があるということ、つまり緊急事態だ。

「なんか、薬を飲んじゃったみたいでぇ」

付き添いの男が、声を震わせている。祥子は一時間ほど前にこの男性に電話をかけて、「いまから薬を飲んで死ぬ」と言ったらしい。彼が駆け付けたときには、すでに呂律《ろれつ》が回らなかったという。

「これが落ちていて……」

男性は、祥子の部屋にあったという大量の薬の包装シートを持参していた。睡眠薬や精神安定剤が数種類、全部で百錠以上ある。

急性の薬物中毒だ。命に関わる状態だった。千晶は看護師に指示を出す。

「すぐに処置室へ！　まずラクテックにラシックス一筒《いっとう》を。それから、胃洗浄の準備をお願い」

胃の中に残っている薬をできるだけ洗い流し、すでに吸収された分は利尿剤の点滴で強制的に尿とともに排出させ、体から薬が抜けるのを待つのだ。

祥子の横には、ミキサーで手を切ったという三十歳の女性がいた。飲食店の制服姿だ。コンセントを抜かずにミキサーの中を洗っている最中、誤ってスイッチに触れてしまったと話している。手をくるんだタオルが赤く染まっていた。そっと開けて、動脈性の出血がないことを確認する。意識レベルも良好、出血量は見た目ほど多くはなさそうだ。後からゆっくりと縫えばいいと判断する。

目の前で医療を本当に必要とし、いま千晶が助けなければならない患者たちが続く。S・M・Lの分類を考える余地もないほど患者が押し寄せ、息をつく暇もない。だが、千晶は本来の自分を取り戻せたような気分になる。

「胃管、入りました！」

看護師の声が聞こえた。薬物を過量摂取した祥子の胃洗浄をするためのチューブが入ったということだ。待合室の患者たちの元を離れ、処置室へ行こうとしたときだった。

「こっちの順番、まだ？」

スーツ姿の男性患者に呼び止められた。

「随分待たされているんですよ」

「お名前は？」

「土井《どい》です。土井健司《けんじ》」

看護師にカルテを出させる時間も惜しかった。

「申し訳ありません。いかがされました？」

「薬をもらいに来ただけなんですよ。花粉症の薬」

「花粉症の薬……だけですか？」

「そうですよ。ブタクサのアレルギーでしてね」

土井は平然と答えた。

「まだ少し残っているけど、昼間は仕事で身動き取れないんですよ。それに、日中はいつも混んでて、夜の方が待たされないし。なのに、こんなに時間かかるんじゃあ、わざわざ夜間外来に来た意味ないじゃないですか。処方箋だけでいいですから、ちゃちゃって書いてもらえません？」

土井と名乗った男は、当然のように言う。千晶は、絶句した。

「患者様、それをコンビニ受診というんですよ」

背後で男性の声がした。先ほどの蓮見警備員だ。千晶は目礼し、土井に向き直った。

「夜間の外来は、本当に時間外の緊急医療を必要としている患者様が優先です。薬だけなら昼間に受診してください。どうしても必要というなら、順番が来るまでお待ちください」

土井はネクタイをゆるめつつ、「フン」と言って横を向いた。

とにかく祥子の胃洗浄が優先だ。処置室に駆け戻り、胃管がきちんと胃に入っているのを確認する。高く掲げた口側のロートに微温湯《ぬるまゆ》を二百ミリリットル入れ、すぐにロートを下げる。原始的だが、有効な方法だ。湯の量が多すぎると腸へ流れてしまうので、入れすぎないのがコツだった。

一回目の排液は、白く濁っていた。白い固形物も混じっている。溶けかかった薬物だ。流れ出る液体が透明になるまで、同じ操作を何回も繰り返す。

赤シールの患者、明石が何度目かの「おい！」という言葉を発した。

「おい、いい加減にしろよ。俺の治療はどうなってんだ？」

すぐ近くのベッドに横になっていた喘息の患者が、眉をひそめる。看護師が明石をたしなめた。

「他の患者様のご迷惑になりますので、大きな声を出さないでください」

病状も診ず、リクエストされるがままに唯々諾々と注射を打つなら、医師である意味がない——自らにそう言い聞かせる。

「いつまで待たせるんだ、こっちが先だろ！　順番は守れよ」

明石はベッドから降り、診察室のキャビネットを蹴った。だが、そこまででエスカレートはしない。これ以上は通報されると心得ているようだ。

「いてーよ、いてーよ。痛み止め、頼むよお……」

再びベッドに飛び乗った明石は、駄々っ子のように体を揺らしながら悲痛な声を上げ始めた。事情を知らない人が見れば、医師が虐待をしていると誤解されてしまいそうなくらいだ。

本当にうっとうしい。何とかしなければ、次の患者に進めない。思い余って、千晶は陽子に電話した。

自宅にいたのだろう、背後にテレビの音が流れるなかで、陽子は即答した。

「そんなヤツ、生理食塩水《せいしょく》でも打ってやればいいわ」

「え！　バレたらどうなりますか？」

「大丈夫、大丈夫。そのために警備員もいるんだし。でもまあ、先にタクシーを呼んどいて、生食打ったらすぐに帰しなさい」

「陽子先生、でも……」

決心がつかない。だがこれ以上、ゆっくりと電話を続けることもできなかった。

気が抜けない患者がまだ数人、待合室で待っている。千晶は一刻も早く問題患者を帰し、彼らの治療に専念したかった。

「つたく、何やってんだよお！」

赤シールは、まだ大声を出していた。だが、何の効果もない生食を打つ勇気が出ない。

千晶は、システマの短い呼吸を繰り返す。ふと、ひとつの考えを思いついた。

「痛み止め、注射するわね」

「えっ」

看護師の驚きをよそに、千晶は「私が詰めるから」ときっぱり言い、薬剤を取りに処置室へ向かった。

筋注液を注射筒《シリンダー》で吸い始める。オピオイド系鎮痛剤ではない。抜歯治療などで使う局所麻酔薬のキシロカインだ。

鎮痛効果は直ちに現れるが、中毒性はない。看護師もそれを見てすべてを理解した。

「今回は特別ですからね。痛みの治療は、昼間に来て診察をしっかり受けてください」

明石の臀部《でんぶ》に筋肉注射を打つ。患者は腰のあたりをさすりつつ、少し首をひねった。千晶はヒヤリとする。

明石がベッドから立ち上がった。

「まあいいや、帰るか。電車がないから、救急車で送ってくれ」

この発言に、看護師が目を剝《む》いた。

「救急車はタクシーじゃありません！　タクシー呼ぶから、料金はそっちで払ってねっ」

『傾聴』は吹き飛び、「患者様」は「そっち」に変換された。

明石は、あっけにとられた表情でうなずく。ほどなくしてタクシーが来て、明石は押し込まれるように乗せられた。赤シール、本名・明石公則の名は、警備室の記録にもしっかり記載してもらわなければ。

午前一時過ぎに十七歳の高校生が来院した。青山昴《あおやますばる》、茶髪で腕にミサンガをつけたイマドキの男の子だ。

「三日くらい前から喉が痛くて……」

「そんな前から痛みがあったのなら、ちゃんと昼間に受診してね」

千晶は内心のいらだちを押し殺して穏やかにたしなめる。

「だんだんひどくなってきて、そろそろ限界と思ったから」

だったら、もう一晩我慢して、明日の朝に来なさいと言いたいところだが、それもこらえた。まだ高校生だから、そういう見通しが甘くても仕方がない。ただ教育だけはしておこうと思った。

「こんな時間に来たら、十分な検査もできないのよ。薬も一日分だけ。結局、明日もう一度来なければならないから、手間もお金もかかっちゃうでしょ。次は早めに、ちゃんと外来診療の時間帯に受診してね」

「そうなんですか。じゃあ今日の昼に来ればよかった」

そうそう、分かればいいのよと思いながら千晶は胸ポケットを探る。喉の奥を見るため、ペンライトを取り出したかったのだが、手に触れない。

「あれ、ない……」

胸ポケットを見た。ボールペン二本にペン型の印鑑、心電図チェックに使うデバイダー、舌圧子《ぜつあつし》、小さな定規などが入っており、ちょっとしたペン立て状態だ。やはりペンライトはない。いろいろな物で膨らんでいたから、なくなっているのに気がつかなかった。

使いやすくて気に入っていたのに……。

これまでボールペンを失くしたことは、しょっちゅうあった。だが、ペンライトを失くしたのは初めてだった。診察室に備え付けの品を看護師に出してもらう。

患者の喉を見ると、扁桃腺が腫れていた。一部に膿が見える。扁桃腺炎と診断をつけ、抗生剤を処方した。

最後の患者を診終わったときには、深夜の二時を回っていた。準夜勤の看護師はいつの間にか深夜勤務の看護師に替わっている。この病院の看護師の勤務は三交代で、日勤は午前八時半から午後五時半、準夜勤が午後四時半から午前一時半、深夜勤が午前零時半から午前九時だ。

「差し入れでーす」

準夜勤の看護師が私服姿で現れた。どら焼き二つを手にしており、深夜勤の看護師と千晶にひとつずつ渡してくれた。

どら焼きをほおばりながら、少し外の空気を吸いに出る。夜間出入口の脇にある花壇がいつもと違った。

「あれっ？」

近づいてみると、ワレモコウの赤い花が皆、薙《な》ぎ倒されている。

どうしてこんなひどいことを――。

花壇の中に、ラベルのないペットボトルが落ちていた。蛍光ピンクのキャップ付きで、座間が持っていたものと同じだ。

急に疲れが増してくる。千晶はそれ以上考えるのをやめた。ふらつきながら仮眠室にたどり着き、白衣を脱ぐ。ベッドの上で横になると、引きずり込まれるように意識が遠のいた。

――どこからか耳障りな音が発せられ、千晶の頭に突き刺さる。枕元のピッチだ。目を閉じたまま手さぐりで掴み、応答ボタンを押す。

「真野先生、西三病棟へお願いします」

腕時計の針は三時十分をさしている。横になってから一時間も経っていなかった。

深夜の時間帯は、外来患者よりも病棟の患者のトラブルで呼ばれることが多い。

高熱が出た患者に抗生剤を処方する。吐き気が続いている患者に、制吐剤の点滴指示をする。

トイレで転倒して頭を打った患者は、血液凝固阻止剤を飲んでいた。意識状態は普段通りだったが、念のために頭部CTを行う。

痙攣《けいれん》が起きた患者を診に行く。到着したときには、すでに発作は治まっていた。呼吸状態に変化はなく、経過観察を指示する。

その後も何度か病棟から呼ばれた。仮眠室と病棟との往復を繰り返し、ほとんど眠れぬまま夜が明けつつあった。

早朝に一階の待合室を通り過ぎたときだった。高齢の男性が、正面玄関から出て行こうとしているのを目撃した。寝間着姿だ。男性は玄関で立ちすくみ、きょろきょろしている。

患者に違いない。千晶は急いで駆け寄った。

「いかがされました？」

男性は、少し驚いた表情で立ち止まった。寝間着の背中にあるタグから、東四病棟の患者と分かる。視線が定まらず、白髪は乱れ、足元はスリッパだった。それらがすべて病状を示している。認知症だ。

「帰る！」

いまにも男性は表へ出そうだ。千晶はあわてて手をつないだ。

「家へ、ですか？」

男性はうなずいた。そして我に返ったようにまた車寄せへ踏み出そうとする。

「タ、タクシーで帰る！」

「お金はありますか？　無いと、乗れませんよ」

急にうろたえ始めた男性は、胸ポケットや尻ポケットを検《あらた》め始めた。だが、どこを探しても財布は見つからない。やがて、仕方がないという表情になる。

「ね、お金を取りに戻りましょう」

千晶は、もう一方の手を患者の体に添えた。患者とともにエレベーターで四階に昇り、東病棟へ向かう。

二人の姿を認めた病棟の看護師が、ナースステーションから顔を出した。

「あら西園寺《さいおんじ》さん、真野先生と仲良しでいいですね」

西園寺と呼ばれた患者は、嬉しそうに笑った。

「……いま、玄関でキャッチしたところです」

千晶がそう言ったとたん、看護師は表情を変えた。

「そうだったんですか！　申し訳ありません」

スタッフも知らぬ間に入院患者が院外へ出てしまう「離院」は、病院が最も嫌う事態だ。

それは、医療事故に近い状況と言ってもいい。

もし患者が外に出て事故にあったりすれば、病院の責任になる。かといって、安易に患者の部屋に鍵をかけるのは「拘束」であり、人道的に許されない。鎮静薬を使うのも同様だ。物理的か精神的かの違いがあるだけで、どちらも患者に対する「拘束」になる。急増している認知症患者の安全管理は、病院にとって難しい問題のひとつだった。

つい先日のこと。ある患者が、他の患者に噛みついた。普段から落ち着きがなく、終日、大声で「バカ」「シネ」と怒鳴って周囲の患者をおびえさせていた患者だった。

仕方なく家族の了解を得て鎮静薬を使うと、患者は落ち着きを取り戻し、暴言も減った。ところが、当の家族からクレームが来た。「父らしくなくなった」と。

入院中の患者自身の安全に配慮し、周囲への迷惑行為を抑制しつつ、家族の納得がいく治療をするのは、本当に難しい。

離院しかかった患者は、何事もなかったかのように病棟のロビーに座っていた。

「西園寺さんくらいのレベルが一番対応に悩むわね」

「ええ、頭が痛いです。師長と相談して、スタッフの配置改善や、出入口のセンサー導入を検討してもらいます。受付にも顔写真を届けて……」

まずは非薬物的な対策から開始される。

2

「うえっ、にがっ！」

朝七時半、医局のソファーでコーヒーを飲んだ金田が叫び声を上げた。目覚まし代わりに、千晶が濃い目にドリップしておいたものだった。

「すみません！　それ、私用です」

ソファーから体を起こした瞬間、小さなめまいが起きた。

「午前二時まで外来患者を診て、その後、何度も呼ばれちゃって」

「千晶先生、ほとんど眠ってないじゃない。大丈夫？」

陽子が当直中の出来事が書かれた申し送りノートを読みながら言った。

「赤シールも来て大変だったね。お疲れさま」

「陽子先生、昨夜はお休みのところお騒がせしてすみませんでした。あの患者さん、手に負えなくなってしまったので」

「あるある。また何かあったらいつでも電話して。生理食塩水《せいしょくえんすい》でも偽薬《プラセボ》効果で、案外効くのよ」

陽子はいたずらっぽい目で笑った。

「ありがとうございます。さすがに勇気が出なくて、キシロカインにしましたが」

「なるほど、局所《きょく》麻酔《ま》薬ね。いいアイディアじゃない」

「ねえ、それってヤク中患者の話？」

そばにいた金田が、不満そうな口調で尋ねた。

「これ、読んでないの？」

金田は「患者様対応マニュアル」の真ん中あたりを開けた。

〈患者様への対応をめぐって、絶対に特例を作ってはいけません。「あのときはよかったのに、なぜ今回はダメなのか？」などと、後々のクレーム拡大につながってしまいます〉

金田が言いたいのは、千晶が注射をしたことで「あのときはよかった」という経験を積ませてしまったということだった。

「まず一発、千晶ちゃんが殴られればよかったんだよ」

「え？」

千晶が絶句していると、金田はヘラヘラと笑った。

「殴られれば、警察を呼べて、すぐにお引き取り願えたんだよ」

「暴力を受ける身にもなりなさいよ！」

陽子が金田をにらみつける。

「ヤク中や酔っ払いの暴力なんて、たかが知れてるよ。変な患者をまともに相手にしていたら、疲れるばっかりだ」

めちゃくちゃな方法だ。冗談を言っているのかと思って金田を見た。意外なことに、真面目な顔をしている。金田は正論を述べたつもりのようだ。

「わざと患者をたきつけることはないでしょ？　カネゴンの外来、評判悪いよ」

金田は全く意に介す様子もない。

「じゃあ今後は、人格者の陽子先生にクレーマーを全部回しますから。ヨロシクお願いしま〜す」

金田はコーヒーを流しに捨て、軽やかな足取りで医局を出て行った。

コーヒーを淹《い》れ直しながら、千晶はソファーに放り出されたマニュアルに手を伸ばす。説教じみた記述が行き着く巻末には、「病院経営に危機をもたらす患者様の問題行動」という一覧表が掲載されていた。

〈①病院施設内への正当な理由を欠く侵入〉

〈②病院施設内での窃取並びに損壊行為〉

〈③病院施設内での不適切な金品の授受〉

〈④不適切または違法な薬剤処方の要求〉
〈⑤施設管理の秩序を乱す各種の迷惑行為〉
〈⑥病院職員等に対する各種の暴力行為〉
〈⑦病院職員等に対する不当な謝罪要求〉
〈⑧治療費・薬剤費等に関する支払い拒否〉
〈⑨他、公序良俗に反し、院内の風紀、秩序と安寧を乱す行為〉

赤シールの行動は、明らかに〈④不適切または違法な薬剤処方の要求〉に該当する。

ただ、千晶はそこで途方に暮れた。

なぜなら、次のページにはそれぞれの問題行動が細分化され、いくつかの実例も示されているものの、トラブルにどう対処したら良いかについては具体的な記載がなかったからだ。

最後の項目〈⑨他、公序良俗に反し、院内の風紀、秩序と安寧を乱す行為〉は、その典型だった。

〈マルチ商法、賭博等の勧誘と行為、憲法および基本的人権を侵害するような行為、反社会的勢力またはその関係者を名乗る行為、その他、病院施設内における大声、喧騒、放歌……〉と、トラブルになる行為の数々を羅列しているに過ぎない。

問題行動に直面した際には、このマニュアルを頭から読み、該当箇所に当たって慎重に対処せよ――。そんな書き手側の突き放した姿勢がうかがえた。
読み終えた千晶は、コーヒーに口をつける。少し冷めたコーヒーは苦味が増していた。

眠れなかった当直明けの通常勤務は、さすがにつらい。午前中の外来は勢いで何とか終わった。昼食を摂った後は、病棟で入院患者を回診する。担当する患者二十人のベッドを回りながら、空きベッドが目に入ると猛烈な眠気に襲われた。夕方には机に山積みとなった保険書類の処理をしたが、何度も頭がくらくらした。精神力だけではどうにもならない。

今日は早めに帰らせてもらうことにした。午後六時、いつもより随分と早い時間に帰り支度を始める。バッグを担ぎ上げたところで、院内ピッチが鳴った。

今日の夜間当直を担当する溝口《みぞぐち》医師からだった。

「真野先生？　夜間診察室に備え付けのマニュアル、どこやった？　『患者様対応マニュアル』がデスクにないんだけど」

「え？　知りませんよ」

「あれを読み直して、患《カ》者様プライ《ン》オリティー《プ》推進委《ラ》員会向けにリポート書かなきゃならないんだ。院長の指示でさ。今晩、手元にないと困るんだよ」

そういえば昨夕《ゆうべ》、当直入りしてすぐに一度だけマニュアルを開いた。でもその後は、デスクの本立てへ元通りに戻した。いや、違う。患者が立て込んできたから、デスクの隅に置いたままだったはずだ。それなのに、なぜないのだろう？

「知らないのか。しょうがない、医局に取りに行くか。ああ、面倒くせえなあ」

溝口はぶつぶつ言いながら電話を切った。

当直の時間帯、夜間診察室に入ることができるのは、医師である自分の他は、看護師と、患者本人と、家族だけだ。看護師が出しっぱなしのマニュアルを片付けるときに、別の場所にしまい込んだのだろうか。あまり考えられないことだった。彼女たちはむしろ場所の移動を嫌い、医師が適当に押し込んだファイルをいちいち元の位置に戻してくれるくらいだ。

ならば赤シールの明石だろうか？　不可能だ。明石は診察室のベッドでずっと横になっていた。それに、タクシーに乗り込むときも手ぶらだった。

座間の顔がクローズアップされた。喘息で呼吸困難に陥った男性患者を蓮見とともに抱え、座間は診察室へ入った。そして、いつの間にか姿を消していた。大きなリュックサックを背負ったまま――。疑念が湧いてくる。

六時半過ぎに病院を出た。七時からはシステマ教室があるが、さすがに今日は休むつもりだ。体の芯に残る重い疲労に加え、実家の診療所の件、患者対応マニュアルの件、日々の診療の件、座間の件……。考えなければならないことがいくつもあった。

しかし、いま頃になって目が冴えてきた。考えてみれば、週に一度の貴重な機会だ。武蔵小杉駅で下車した千晶は、自宅マンションとは反対側の改札口を抜けた。

教室には、いつものように十二名の受講生がすでに来ていた。男女が半々。大学生やＯＬ、五十代とおぼしきサラリーマンまでさまざまだ。それぞれに柔軟体操をしている。軽く目礼して、千晶も輪に加わった。それほど親しい人はいない。ここに来る人たちは、お友だち探しではなく、自身の技を高めに来ている。そのストイックさも、千晶は好きだった。

講師の吉良が現れた。外見はＫＧＢ出身のプーチン大統領のように冷酷かつ冷徹そうに見えるが、カラオケに行けば演歌をがなる。柔道、合気道、「カリ」というフィリピン武術など、世界各地の格技を試し、システマにたどり着いたらしい。

今日のテーマは、「山道で、気づかれないようにそっと人の背後に近づく方法」だった。いったい、この技をいつ使うのだろうか？　そう思う一方で、ロシア兵士が山岳地帯で闘うための術だという妙な現実感に、少しだけ興奮する。

体の軸は、常にまっすぐに保ち続けなければならない。軸が傾けば、足に余計な力が加わり、音を立ててしまうからだ。体の軸を保ったまま、細心の注意で相手の背後に回り、ときには沈み込む。それだけで自分自身の存在を、相手の視界から消失させてしまうことができる。

体を硬直させないよう、リラックスしていることが大切だと吉良は言う。

たとえ戦闘の場でも、コンビニへ買い物に行くときに道を横切るような心理状態で動くのを目指すのだ。精神力だけでは無理だ。リラックスの神経、つまり副交感神経を強制的に作動させる。その方法が、システマの呼吸法だ。

「僕はね、君たちより少し早く学んだだけ。みんなでシェアして、一緒に育っていこう」

吉良はとても謙虚な人だった。できる人ほど物腰が柔らかいというのは、医療の世界でも同じだ。きっと、自信の裏返しなのだろう。

「暴力を受けないために、一番大切な方法は何か分かる？」

吉良の問いに、市役所勤務だという中年男性が答える。

「すぐ謝る！」

あちこちから笑いが漏れた。

「身近な道具で相手の動きを封じる」

その思いつきに刺激され、次々とアイディアが飛び出す。

「放置自転車を投げつける」

「カバンで防御する」

「上着をかぶせる」

やがて答えが出尽くし、吉良がひとりひとりを見回した。

「一番大切なのはね、暴力を受けそうな場所に行かないこと」

皆、気が抜けたような声で笑う。

「まずは危険を避けること。それでも出遭ってしまったときは、逃げる。あるいは、うまく身をかわす。謝るのもいい方法だよ。相手の戦意を失わせるから」

謝ると言って笑われた男性が得意な顔になった。

「道具を使うのは、そのあとだよ。そして、まともに正面から闘うのは最後の手段だからね。でも、そのときにあわてないために、僕たちはトレーニングするんだ」

教室の空気が急に引き締まる。

「あらかじめ危険を避ける方法なんて、あるんですか？」

「第六感」

吉良はひとこと言って、目を輝かせた。

「勘はバカにできないからね。いろんな情報を頭のコンピューターで処理した結果が、勘だよ。常に周囲に鋭敏になって、危険な気配を感じることが大切」

気配――。千晶はストンと納得する。この「気配」というワードは、分かる人にしか分からないもののようだ。武術の世界でも、医療の世界であっても。受講生のうち、うなずいたのは数人だけだった。

続いて車座になっての反省会となる。皆の話を聞きながら、千晶は別のことを考えていた。危険な患者をあらかじめ避けることはできない。逃げることも無理だ。けれど、かわすことはできる。ただ、赤シールの患者にキシロカイン注射は好ましい措置だったのだろうか。金田に指摘されたように、患者に「ここはオピオイド注射をしてもらいやすい病院」と認識されてしまったのではないだろうか？

あのときは「よい」と思ったが、またしても迷路に入っていく――。

「真野さん！」

「大丈夫？」

「千晶ちゃん！」

ふと気づくと、システマ教室の受講生の顔がいくつも目の前にあった。

なぜか床の上で横になっている。いつの間にか寝落ちしていた千晶を、皆がのぞき込んでいたのだ。

「早く帰りなよ」

吉良に言われ、その日は飲み会へ出ずに帰った。マンションのドアを開けたときに、夕食を摂っていなかったことに気づく。このところ買い物もしていなかったので、食べるものがない。まあいいや、寝てしまおうと思って着替えや洗面を済ませると、ますます空腹が気になってきた。

冷蔵庫を開ける。やはり醤油やサラダ油、バター、ドレッシング、梅干し、味噌くらいしかない。以前は母が野菜や総菜、好物の桜餅などをよく送ってくれたものだが、いまはそれも絶えている。

マヨネーズの奥に隠れるように、水ようかんがあった。小倉と抹茶の二種類が二つずつ入っている。賞味期限を三日過ぎていたが、迷わず食べた。おいしい。古くならないうちに食べる方がいいと自己弁護しつつ、三つ食べたところで胸焼けがしてくる。ケース買いしてあったトクホの苦いお茶をがぶ飲みしたら、すっきりした。

四つ目を食べた直後に、強い眠気を催した。

電話が鳴っている。夢か現《うつつ》か判別のつかないまま、ベッドの上で体を動かせないでいた。電話はいつまでも鳴りやまない。

ふと、病院で患者に何か重大な異変が起きたのかもしれないと不安になった。次の瞬間、千晶は立ち上がって受話器を取っていた。

「もしもし、お姉ちゃん」

聞こえてきたのは、妹の万里の声だった。

「どうしたの？　何かあったの？」

深夜に電話がくるとは、よくない知らせだろうか。母の病状が悪化したのか。

「みんな元気だよ。あのね、お母さんが好きだったマイセンのコーヒーカップ知らない？」

一気に脱力する。

「こんな時間に……」

どうでもいいことを──という言葉を飲み込んだ。

「お姉ちゃん、もう寝てたの？」

時計を見ると午後十一時少し前だった。当直をすると、時間の感覚が狂う。システマから戻って寝たのが確か十時頃。ひどく眠かったせいか、もっと遅い時間だと勘違いしていた。

「当直明けだったから。ええと、コーヒーカップ？　知らないよ」

妹と雑談するのは嫌いではない。だが、今日は眠らせてほしかった。

「お母さんが持ってきてって言うのよ。家の中を捜したんだけど、見つからなくて。お姉ちゃん、そっちに持ってってない？」

「知らないよ」

自分が疑われたことにいらだつ。疲れているせいか、気持ちを隠せない。

「ホント？　お母さんが、お姉ちゃんが持ってるかもしれないって言ったから。じゃあ、もしもそっちで見つかったら送ってね」

「こっちにないってば！」

強い言葉が出てしまった。

「たかがカップかもしれないけど、念のために捜してよ。『ない、ない』って、お母さんの気持ちが落ち着かないのよ！」

妹の気色《けしき》ばむ気配が伝わってくる。

「……分かった、ごめん。当直明けで眠いから、悪いけど切るよ」

「お姉ちゃんは、いっつも自分の仕事ばっかり。ずるいよ」

妹は、最後にいつもの小言を言い出した。

「ごめん。今日は疲れているから」

「ねえ、それで診療所の件はどうなの？　留守電は聞いてくれた？」

「ごめん、日曜日にはお母さんのお見舞いに行くからさ……。本当に眠いから。切るよ」

一方的に電話を切ってしまった。

お姉ちゃんはずるい――何度言われただろう。妹は父の仕事を手伝い、認知症の母の介護をしている。彼女が疲れていることも分かっている。もっと優しい言葉をかけるべきだった。

後味の悪さに、かえって目が冴えてくる。

3

翌日の午後、院内ホールで「患者様プライオリティー推進委員会」が開かれた。

千晶は、さっきから斜め後ろに座る金田の貧乏ゆすりが気になってしょうがない。隣の席に座る陽子が千晶に目配せし、金田の足元を指さす。陽子も同じように感じているようだ。千晶も、困ったものだという表情でうなずく。

「……では次、本院のスタッフの『態度』に関する患者様のご指摘に移ります。君、コメント読んで」

高峰事務長から指名された事務局の主任、沼田《ぬまた》晋也《しんや》が配布資料を読み上げた。満月のような顔は、高峰の忠実なしもべという印象だ。千晶より少し年上のはずだが、とにかく腰が低い。昨年、近隣の大原中央病院から転職してきたばかりと聞いている。

「ええと、七十代男性の患者様が記入されたコメントシートです。『検査に行けって言われたが、いったい、どこにどうやって行けばいいんだ。あっち行って曲がって？　分かるわけないだろう。聴診器をぶら下げた白衣の男三人が通りかかったので尋ねたが、全員に無視された』――以上です」

高級ブランドのスーツを着込んだ高峰は、苦虫を嚙みつぶしたような渋面だ。隣席の佐々井院長は、腕を組んで下を向いている。

「先生方。どういうことですか、これは？」

高峰は目つきが鋭く、いるだけで威圧感があった。その彼に「どういうことですか」と問われて、萎縮しない者はいない。

いや、いた。金田だ。背後からわざとらしいため息とつぶやきが聞こえた。

「診療時間が足りないんだよ」

高峰は眉をわずかに動かす。

「いまの発言は金田先生、でしたっけ。ではお尋ねしますが、時間をかければいい診療ができるんですか？」

金田の足の動きがぴたりと止まった。医師全員が、痛いところを突かれたというように黙り込む。

「こんなことでは、本院の顧客満足《CS》度が高まろうはずがありません。ドクターであっても、院内で患者様に尋ねられた場合は、ちゃんとその場所まで案内してください。ええ、先生方がお忙しいのは分かっていますがね」

会場がざわついた。だが、事務長は知らん顔で次へ進む。

「次は検査室へのクレームですが、検査に加わる医師にも関係しますので紹介します。『検査スタッフが、ペチャクチャと聞くに堪えないおしゃべりを続けていて不愉快だった。そんな状態でまともな検査ができるのですか』――至極当然のお怒りであり、ご指摘です。いいですか！　どの職種も当然ですが、病院内では医師も含めて私語は厳に慎んでください」

会議は終盤にさしかかり、高峰事務長が総括コメントに入る。医局では「説話」と呼ばれている。

「皆さん、時代は変わりました。医療を取り巻く社会環境も激変しています。病気を治すためなら横柄な態度が許される、治療さえすればいい、分からなくても説明したから説明義務は果たした――これらはすべて完全な間違いです。治療至上主義が、医療の正義であった時代は終わったのです。『診てやってる』と受け取られかねないような態度は厳禁です。患者様には、『よく理解した上で、心地よく医療を受ける権利』があるんです。病院なんて、いくらでもある。デラックスな病院食を開始した川崎矢上病院しかり、経営再建になりふり構わぬ大原中央病院しかり、この周辺の病院は、どこも患者様の確保に必死になっています。我々を選ぶのは患者様です。選ばれる病院を作りましょう。皆さんは、選ばれる医師になってください」

金田が一層激しい貧乏ゆすりをしながら手を挙げた。

「あのお、いちいち患者の説明要求に付き合ってたら、診察時間が無くなるんですけどお」

高峰事務長は、質問者に冷たい目を向けた。

「ひとつの説明をいい加減に行うことで、医療訴訟という最も時間を浪費する事態を招く。それは、これまで何度もお話ししましたよね。期待されるわずかな利益を失うだけでなく、訴訟に多大なコストがかかり、マスコミに徹底的に叩かれ、当院の社会的な評判は大きく損なわれる。そういうことです。どんな場合でも、クレームになりそうなケースには特にしっかりと耳を傾けてください。特に金田先生は、よろしくね」

会場から失笑が漏れる。

「いま笑った先生方も、他人事《ひとごと》じゃありませんよ。大局的な観点から採算を考えない医師は、要りません。ちゃんと患者様の目を見て、うなずいてください。説明するのは、それからです。ていねいに、患者様・ご家族様が理解できる言葉で説明してください。決して専門用語を羅列しないように。早口になるのも厳禁ですからね」

「高峰事務長、お出になる時間です」

沼田主任が腕時計を示した。

「……こうやって患者様プライオリティーによる経営実践を当院のコア・コンピタンスとすべく、今後も事務局は積極的にコーチングを展開します。じゃ皆さん、よろしく」

　金田が大げさに首をひねった。「コア・コンピ……言行不一致だろうが」と、ぼそりとつぶやく。

「いろいろと思うところのある諸君もいることだろう。ただ何よりもいまは、病院経営を取り巻く厳しい現実をよく理解してもらいたい。どうかよろしく頼む……」

　聞き役に徹していた佐々井院長が最後に閉会を告げ、会議はお開きとなった。

　脳神経外科の権威として学会でも知られた存在の佐々井院長だが、この日は一段と額のしわが深く見えた。

　医師たちがぞろぞろと七階のホールを出る。陽子が千晶の肩をつついた。

「千晶先生、ちょっとだけ休憩しようよ」

　缶コーヒーを買って病院の屋上へ行く。

「いろはの『い』ですよ、セ・ン・セ・イ・ガ・タ！」

　陽子の声色は高峰そっくりで、千晶は噴き出した。音を立てて缶コーヒーのプルタブを開ける。

「事務長の腕時計を見た？」

「見ました。ロレックスでしたね」

「あれ、ミルガウスってやつよ」

陽子は無糖ブラックを苦そうに口に含んだ。

「ミルガウス？　何ですか、それ」

「耐磁性――千ガウスの磁束密度でも影響を受けないんだって」

「医療現場でも大丈夫ってことですか」

「そう。ていうか、医者ごときになめられてたまるかって感じね。G－SHOCKなんかをしてる医師をバカにしてるのよ、きっと」

陽子は左手を上げ、ソーラータイプのG－SHOCKを太陽に向けてヒラヒラさせる。

「千晶先生、戻ろうか」

病棟に続く鉄製のドアが、いつもより重かった。

この日は夜七時というまともな時間に病院を出ることができた。駅前にある定食屋で黒酢あんの酢豚を食べる。酸っぱいものが欲しくなるのは、疲れているせいか。八時前にマンションに着き、束の間の自由時間に何をしようかとそわそわしている自分に気づく。だが結局は、テレビを観るだけで時間が過ぎてしまう。

寝る前に、日課のスクワットを一回だけ行うことにした。

マンションの北東、リビングの窓に向かって立つ。映画でゴジラが暴れ回った多摩川の丸子橋が見える。

　しゃがみ込むスピードは、このところ一回当たり三分と少しだ。太腿《ふともも》がつらくなってくると、システマ式の呼吸で耐える。三十秒が過ぎた頃、金田の発言を思い出した。

　患者の説明要求に付き合ってたら、診察時間が無くなる――。

　主張はもっともだ。どんなに的外れなクレームであっても、患者が納得するまで説明しなければならないとしたら、いったいどのくらい時間が必要になるだろう。

　その間、他の患者の治療は放置してもよいのか。優先すべきは、より多くの患者を救うことではないのか。けれど、クレーマーを放置したために問題がこじれ、それが原因で通常の医療が脅かされるなら……。

　何が正しくて、何が正しくないのか。ときにその境界があいまいになる。クレームには、いったいどこまで対応すればいいのだろう。

　二分が過ぎた。太腿が小刻みに震えてくる。徐々に何も考えられなくなった。三分になる少し前にベッドに倒れ込む。今日は調子が出なかった。

4

　日曜日の朝、午前七時前に部屋を出た。新宿から特急「あずさ」に乗った千晶は、大月で富士急行線に乗り換え、実家へ向かう。後ろめたく感じるほど気が重かった。この頃は、母と正面から向き合うのが怖い。母の認知症の進行度など、知りたくない。

「お姉ちゃんは、いっつも自分の仕事ばっかり。ずるいよ」

妹の言葉が心に強く残っている。

車窓から見える景色があっという間に田舎の風景に変わっていく。畑が広がり、その向こうにあるのは山と空ばかり。空気がきれい、静かで落ち着く——そう言って喜ぶ人もいるが、それは暮らしていないからだ。

実家の真野診療所は、富士河口湖町にある。だが、町名に冠された湖のほとりからは遠く、アカマツやヒノキの樹海が迫る国道に面していた。

父が遊びらしきことをしている様子はなく、いつも住宅兼用の診療所で仕事をしていた。

「暇な時間は、窓から山並みが見られればそれでいい」と言って、のんびり笑っているような父だった。

子供にとっては退屈で窮屈な環境だった。自由がなく、閉じ込められているようにさえ感じたものだ。それでも黙って暮らしていると、その単調さに気持ちが麻痺しそうになる。いつか何も感じなくなりそうで、居続けるのが怖くなった。大学進学を機に東京へ出て、自分の直感が間違っていなかったことを確信した。

ずるいと責める妹の言葉が痛い。実家を出ない妹は自由を知らないのではなく、分かっていて耐えている。退屈を忌避する千晶の気持ちを見抜いているのだ。

母は「大草原の小さな家」という、アメリカの中西部に住む一家を描いたテレビドラマが大好きだった。千晶も再放送で観たが、荒野で父親を中心に母親や姉妹が暮らす様子は、なんとなく自分たちの暮らしぶりと似ているようにも思った。

母を助け、妹の世話をするしっかり者のお姉ちゃん――子供の頃から自分がそうした役回りを期待されていると感じた。そうでなければ母親に愛される資格はないとも思った。期待に応えようと思いつつも、中学、高校と進むにつれ家事の手伝いはほとんどしなくなり、ついに実家を離れる決意をした。誰かのためでなく、自分のために生きることを選んでしまった。

それでも母は、千晶が医師として戻り、再び皆で暮らすのを楽しみにしてくれた。千晶も母の思いをいつか叶えてあげたいと思っていた。聡明で働き者の母と一緒に、山梨で地域医療を支える真野診療所の一員になるつもりだった。

しかし母は認知症が進み、一年前から大月市内の施設に入っている。父は診療所を年内に辞めると言い出した。千晶は思い描いていた将来が見えなくなっている。

「お帰り。どうだ？」

千晶の顔を見ると、診察室の父はいつものようにゆったりとした口調で尋ねた。

診療所で父は、ひとり院長だ。週に一度、山梨大学《なしだい》からパート医が来る。それ以外の日はほぼ毎日、父が診察を行う。他には、古くから働いてくれている看護師がひとりと、数年前に採用された若い看護師、そして妹の万里が医療事務を担っていた。

父の診療机には金属の舌圧子が入れられた青と茶色い色ガラスのシカン瓶が置かれている。祖父の形見である象牙の聴診器は、壁にぶら下がっていた。子供の頃から変わらない風景を前にすると、千晶は何でも話すのを許された気持ちになる。

「患者さんって、いろいろだね」

父は、鼻を鳴らすように笑った。

「患者から見たら、医者もいろいろだろうな、きっと」

小学校から戻ると、いつも父は患者を診ていた。患者は何度も頭を下げ、父は満足そうな笑顔で見送る。そういうものだと思っていた。

「いまの病院、クレームを言う人が多くてびっくりした」

父がかすかに眉を上げる。

「お父さんはクレーム言う人にも、普通に診察や治療できる？」

「当然。他の患者と変わらない」

「どうして？」

「どうしてって、それが仕事だから」

千晶は言葉に詰まる。医師だから、そうあるべきだとは思うが、どこか納得しきれない。

感情を無にして機械的に患者を診るマシーンになれと父が考えているとも思えない。

「お前の患者たちは、見てる山が違うんだな」

父は不思議な言い方をした。

「外からこのあたりに来ると、人はみんな富士山ばかり見ている。秀峰だ、日本一だ、世界遺産だってな。他の山を見ようともしないし、目に入らないみたいだ」

ここぞというときに謎めいた言い方をするのは、父の癖のようなものだった。

「どういうこと？」

父は立ち上がり、診察室の奥にかかるカーテンを開けた。富士山とは反対側だ。

「十二ヶ岳――知ってるよな」

「もちろん。それが何？」

「名前の通り十二の峰から成る地元の山だ。なだらかな尾根の先には、急な登りがあり、岩場が突然現れる。鎖やロープを使うコースや、つり橋もある。変化に富んだ起伏の連続は、御坂山塊《みさかさんかい》の中でも特にすばらしい」

「知らなかった。そんなにすごい起伏がある山なんだ」

幼い頃から家の中で本を読むのが好きだった。周囲を山に囲まれた環境に育ちながら、自分の足で登ってみようと思ったことはなかった。

「いろんな山があって、いろんな登り方があることを、医師であるお前が教えなければならないんだ」

病気を山にたとえているのだろうか。

「患者の症状、診断、治療、予後――それぞれがみんな違うことを、ていねいに説明してごらん。そして、その人の山を一緒に登るんだ」

父の言っていることが分かるような気がした。

「そうか……そうだね」

「一緒に、患者ひとりひとりのペースに合わせてゆっくりと。それが患者に寄り添うということだから」

父は穏やかな笑みを浮かべた。起伏のある病気という山をともに登り続ける存在になる――千晶は心の中で、新しいあかりが灯ったような気がした。

午後になり、妹の運転する車で母の見舞いに向かった。

「お母さんは、お姉ちゃんを待ってるんだよ。もっと行ってあげてよ」

万里は正面を向いたままウォッシャー液を出し、ワイパーを動かす。

七十歳の母は、五、六年前から認知症の症状を呈し始めた。意識がしっかりしているときもあれば、混乱しているときもある。早食いをし、よく転ぶようになった。二年ほど前から、買い物などで外出するたびに自宅へ戻れなくなった。遠くまで徘徊し、過去に三度も地元の警察に捜索してもらう事態になっている。

一回目は、往診に出かけた父を捜しに出て迷い、自宅から遠ざかってしまったらしい。二回目は「親戚が来るから駅へ迎えに行った」と本人は説明したが、本当の理由は分からない。その後も父の姿が見えないと不安になるのか、ちょくちょく捜しに出て迷子になった。

三回目には、富士急ハイランドの駐車場で倒れているのが見つかった。どうやってそんなに遠くまで行けたのか分からない。その晩、連絡を受けて万里が迎えに行ったとき、母は裸足だった。手や膝は怪我をして、血だらけだったという。

同居しているとはいえ診療所の仕事で忙しい父と妹が、二十四時間つきっきりで母を監視することなどできない。母を施設に入れたのは一年前だった。三回目の徘徊の後、万里がストレスで体調を崩し、寝込んでしまったのだ。

すぐにでも母を施設に入所させなければ、次に何が起きるか分からない。そんな状況のなか、順番待ちの時間が短い民間の老人ホーム「松風園《しょうふうえん》」に入所を決めた。大月市にある施設までは、車で三十分ほどだ。

いまでは一、二か月に一回くらい自宅に帰り、週末を家族で過ごす。生活リズムが安定してからの母は、精神的にも落ち着いた。家にいても周囲を徘徊することはなくなった。むしろ、施設の居心地がいいらしい。土曜日に家で一泊すると、日曜日の朝には松風園に戻りたがるという。

「うん……もっと帰ってきたいけど時間がなくて。万里にばかり負担がかかって悪いと思ってるよ」

ウォッシャー液が垂れた跡を目で追いながら、いつもの言い訳を繰り返す。

「あのね、お姉ちゃん。お父さんの昔の働きぶりって、どんな感じだった？」

「どうして？　あんまり覚えてないけど。とにかく仕事が好きだったかな」

「そっか。お姉ちゃんと一緒だね。いまさらお母さんのために辞めるって言ってるけど、遅いよね」

ひどく冷たい調子だった。

「万里、どうしたの」

「最近、お母さんの体重がどんどん減ってる。むせやすくなって、食欲が出ないんだよ」

ハンドルを握る万里の横顔は、怒っているようでもあり、泣いているようでもあった。

松風園の駐車場に入った。相変わらず庭も玄関も広々としていた。職員も、心なしか余裕を持って動いているように見える。居室棟にある広間の中央で、母は他の入居者と一緒にテーブルを囲んでいた。太った女性の隣にいるせいか、車椅子に座る母がひときわ小さく見える。灰色の髪は、さらに白さを増した。

「あらあ、千晶ちゃんも来てくれたのね」

母はちゃんと会話ができる。家族のことも覚えている。他人から見れば、認知症などではないように思われるかもしれない。

「千晶はね、お医者さんなのよ。偉いでしょう。でも忙しくてね、なかなか家に帰れないの」

周囲の人たちは、にこにこと聞いていた。程度の差はあっても、ほとんどの人が軽い認知症を患っている。

「千晶はね、東京の大きい病院で働いているのよ。こんなに細い体で、大丈夫なの？　ちゃんと食べなきゃダメよ」

母は千晶がまだ大学病院に勤務していると思っている。

万里が母の車椅子のブレーキをはずした。

「ねえ、お母さん。お散歩に行こうよ」

を追う。

「そうね。ありがとう」

母のために膝掛けを借り、万里は手慣れた様子で母を外に連れ出した。千晶は妹と母の後

「あっ、あそこ！」

母はオシロイバナの黒い種に手を伸ばした。花はピンク色や白、黄色、それらが混じり合ったものなどがあり、見飽きない。近づくとほのかに優しい香りがした。

「ここ、お母さんの好きな場所なのよね」

万里の言葉に、母は嬉しそうにうなずく。

母は自宅の庭に小さな畑を作り、いろいろな野菜を育てていた。ナス、トマト、キュウリ、ジャガイモやダイコン、インゲン、エダマメ、ニンジン、タマネギ、ラッキョウなど。周囲にはキンカンやブルーベリー、イチジク、ハッサク、スダチ、カキなどの果樹もあった。

たまに帰省すると、汗だくになって草むしりをしている母の姿があった。それらの野菜を使って、母はたくさんの料理を作り、ほとんどをビニール袋や容器に小分けして冷凍した。だから、家にはいつも濃厚な野菜スープがあり、煮込み野菜やシチューがあり、コロッケがあった。保存料の入っていないジャムもふんだんに冷凍保存されていた。

施設の庭は広々としている。芝生と花は手入れが十分に行き届いていた。母が、足元にそ

こだけ伸びた雑草を指さした。

「あそこ、抜かないと」

草むしりをしなければならないという感覚が、まだ母のどこかに残っているようだ。

「私が抜いておくから、ね、お母さん」

母がいつまでも草を目で追うのを、そう言って万里がなだめる。

結局、二十分ほどで施設の建物に戻った。母がすぐに横になりたがったからだ。

「お母さん、疲れちゃった？」

ベッドの上で母は目を閉じた。こんなにも体力が落ちていたのか――。

「また来るね」

部屋をそっと出ようとしたとき、母がベッドの上で勢いよく上半身を起こした。

「千晶ちゃん、来てたの？」

「う、うん」

短期記憶障害のある母はもう、オシロイバナの庭を散歩したことも雑草のことも忘れているのだろう。そのときだけは分かっても、記憶にはとどまらない。

「ちゃんとごはん、食べてる？」

「大丈夫、食べてるよ」

尋ねる母自身の腕は、以前よりずっと細い。

「食べなきゃダメよ」

そう言って母は枕を引き寄せると、再び目を閉じた。

実家に戻ると、万里が夕食に千晶の好きなほうとうを作ろうと言ってくれた。

「お父さんもね、ときどき患者さんとの約束を忘れるようになったんだ」

万里が、ゴボウをたわしでこすりながら言う。

「どんな？　往診の約束とか？」

「うん。他にも、何かの資料を用意する約束とか、小さなことばっかりなんだけどね」

「そうなの……」

「お父さん、七十四歳と三か月だから」

千晶は、ゆっくりとタマネギの皮をむく。

万里が言いたいのは、千晶に真野診療所を継ぐ気があるのかどうか、ということだ。

だが、こんな小さな田舎の診療所では、医師として学べることはあまりない。その一方で、自分がこの地域の患者をすべて引き受けるには技術と知識が不足していることも、自身が一番よく知っている。

「お姉ちゃんは自由でいいね」

いつものセリフだ。本当に「いい」という意味で言っているのではないのは分かっている。

「だって、もうちょっと勉強しないと。私なんてまだまだ患者さんの役に立たないから」

勉強したい――それは自分のためでなく患者のため。だからこそ、思いは一層強くなる。

医師でない万里には分からないのだ。

「いつまで勉強すれば役に立つようになるのよ。いまでも十分、役立ってるから、病院で雇ってもらってるんでしょ？」

万里の声の厳しさに、千晶はたじろいだ。けれどもし、「医師にしか分からない」などと言ってしまえば、これまでの万里の苦労を否定してしまうことになるだろう。

「お姉ちゃんはずるいよ」

下を向いたまま、万里が繰り返した。どんな理由があるにせよ、こう言われると自分が抜け駆けしているようで後ろめたくなる。

「お姉ちゃん、お父さんのこと考えたことある？」

診療所のこと、父の年齢のこと、万里が言おうとしていることは予想がついた。

「分かってるよ。お父さんもそろそろ自分のことを……」

千晶はタマネギを切る手を止め、万里の問いに答えた。

「分かってない！　お母さんなんだよ」

「え？」

万里は涙目だった。

「お父さんは、お母さんのそばにいたいんだよ」

――やはり、自分は分かっていなかった。万里の思いがけない言葉に、胸の奥がぎゅっと締め付けられる。

第三章　オアシス

1

午前中の外来診療が始まろうとしていた。連休が明けたばかりで、待合室は、いつも以上に混乱している。また待ち時間が長いと文句が出るのだろう。患者と目を合わせないよう、わき目も振らずに診察室へ入った。

最初の数人は、すいすいと進む。

高血圧症や脂質異常症、高尿酸血症、糖尿病の患者などで、食事療法や運動療法をきちんと守っており、安定している人ばかりだった。だが油断してはいけない。こういう患者が続いたあとはクレーマーが来る。経験からくる第六感だ。

五人目の患者を呼び入れた。長谷川仁《はせがわひとし》、六十三歳、甲状腺機能低下症で通院していた。

続いて妻も入室する。化粧が濃い。おっとりとした長谷川とは違い、気が強そうな印象だった。

千晶は、二週間前に行った気管支鏡検査の結果を説明した。長谷川の妻は、突然顔を赤くした。

「つまり主人の、特発性肺ナントカっていう病気は、五年で死ぬかもしれないってことなんですのね？」

「特発性肺線維症の進行速度によって異なりますし、感染症を合併してしまうと危険だということです」

言葉を重ね、千晶は先ほどの説明を最初から繰り返した。

すなわち、特発性肺線維症は原因不明の病気で、酸素を取り込む肺胞の壁が徐々に厚くなり、進行してゆけば最後に肺全体が硬くなって呼吸困難に陥るおそれがある、風邪やインフルエンザなどの肺の病気には特に注意が必要になる、治療はピルフェニドンなどの肺の線維化を抑える薬が中心になるが副作用もある、治療の反応性にもよるけれど、五年死亡率が五割前後というデータもある――などだ。

「んまあ、まあ、まあ！　病気にならないように、何年もずーっとここに通っていたのに、どうしていまになってそんなことおっしゃるの？」

妻は興奮状態が止まらなかった。スイッチが入ってしまったようだ。

カルテによると、甲状腺機能低下症のための通院歴は約二十年におよぶ。

「咳とか息切れとか、そういう症状はこれまで明らかではありませんでした。ご主人も何もおっしゃいませんでしたし……」

見ただけで分かる病気と、そうでないものがある。特発性肺線維症は診断が難しく、早期発見すれば必ず治るという病気でもなかった。

今回、最終的に診断がついた長谷川のケースは、千晶が一か月前に肺のかすかな雑音を感じ、念のために検査をすすめた結果、分かったのだ。それは、大きな病気の気配とでも言えるような小さな兆候だった。

長谷川は、おずおずとした声で言った。

「金田先生に診てもらってた頃から、咳や息切れはあったんです。ただ、歳のせいかと思って。それに先生は大変お忙しそうで、余計な話をするのは悪いと思って……」

妻が、長谷川の言葉をさえぎった。

「とにかく、診察していたのに分からなかったなんて絶対におかしいわよ。信じて二十年も通って損したわ。病気の見逃しよ。あなたと金田先生を訴えますからね！」

医療訴訟の示唆《しさ》だった。理は通っていない。数分の診察で全身をチェックするのは不可能だ。

限られた時間をやりくりし、第六感も駆使して病気を見つけ出したとたん、無能者扱い、いや、犯罪者扱いされるなら、発見しなければよかったのか——。

ひどく情けなかった。

だが、萎えていく心に触れるものがあった。こちらをにらみつける妻の傍らで、長谷川が涙目になっている。自分の目の前に患者がいるという事実が気力を奮い立たせる。そうだ、医師としてやるべきことをしなければ。いま大事なのは、線維化の進行を少しでもくいとめるための治療を患者に受けてもらうことだ。

「遅くはありません。病気と共存しながら生きていくために治療をしましょう」

妻は目を吊り上げた。

「共存のための治療ですって？　じゃあ医療ミスの責任を取って、これからの治療費はタダにしてちょうだい！」

千晶は絶句する。病気が発見されたのは不幸だが、どうしてそれがミスだというのか。

妻は手帳を開き、机の上に置いた。

「ほら、ここ。ここに、『治療費は病院が持つ』って一筆書いてちょうだい」

妻が手帳の白いページを何度も指さした。千晶は、院内の案内地図を出す。

「すみません、私には支払いについて決める権限はありませんので、こちらへお話しに行っていただけませんでしょうか」

地図上の「患者様サービス室」の場所に赤丸印をつけて渡した。幸いなことに「案内しろ」とは言われなかった。患者本人はSだが、家族がL。症状が深刻なケースに多い。

「すぐに訴えると息巻く患者を『即・訴訟症』って言うんだ」

骨粗鬆症《こつそしょう》になぞらえた金田のダジャレを思い出し、他の医師も似たような経験をしているのだと自分をなぐさめる。

それにしても、長谷川の本意はどうだったのだろう。妻とのやり取りの後半、長谷川はじっと目を閉じたままだった。

次の患者は、診察室に入ると同時に泣き出した。広瀬《ひろせ》真弓《まゆみ》、慢性関節リウマチが進行した四十八歳の女性患者だった。

「私、やっぱりリウマチなんですか？」

真弓が、むせ返りながら言葉を絞り出す。

「……血液検査でも慢性関節リウマチの項目が陽性でしたし、症状からも間違いないと思います。ですから、これ以上進行しないように、治療していきましょう」

「やだ、まだこれ以上進むんですか……。リウマチなんて年寄りの病気だと思っていたのに。それ、強い薬なんですよね？　副作用が怖い」

真弓のすすり泣きが止まらない。診察室のティッシュペーパーをすすめる。

マニュアルにあったシチュエーションが思い起こされた。

〈病気の告知や治療方針の説明などをきっかけに患者様が泣き始めたら、静かに待ちましょう。ときどきアイコンタクトをとり、うなずいて、分かっていますよ、という表情で。診察室に置かれたティッシュをそっと渡します。時間を持て余して次の患者様のカルテを見たり、そわそわと時計を見たりしてはいけません。患者様が泣き終わったら、「おつらいでしょうね」と語りかけます。肩にそっと手を置き、「他に、おつらいことはありませんか？」と尋ねるのもいいでしょう〉

診察室に沈黙が流れる。しかし、それは待合室の患者たちをさらに待たせる時間でもあった。千晶の診察室は、受付に一番近いブースだ。「私の順番、まだでしょうか？」と尋ねる女性の声が聞こえてくる。「仕事があるので薬だけ早く出してくれませんか」という男性の声もした。

気まずい空気が漂う。真弓がやっと口を開いた。

「どうして、私だけこんな病気にならなきゃいけないんですか？　私、なんにも悪いことなんてしてないのに……」

患者は静かに泣き続ける。ティッシュを箱ごと渡した。

「おつらいでしょ……」

そこに待合室の悲痛な声が重なる。

「あの、私、さっきから本当に体がつらくて……」

禁忌と知りながら、千晶は壁の時計に目をやってしまう。真弓はそれを見逃さなかった。

泣き顔に不満の念が混じる。

「リウマチにはいろいろな治療法があります。まずは薬をお飲みくださ……」

真弓がキッとした目つきになった。

「先生、私の病気がだんだん進んで、体が動かなくなったら、どうすればいいんですか。もうペットボトルも開けられなくなってきているんです。ひとり暮らしで、誰も助けてくれる人なんていないのに……入院させてください」

気持ちは分かるが、入院適応がないのに受け入れる訳にはいかない。

「入院は治療にあたって必要がある場合にのみ適応になります。医療費補助や生活のことについては、専門のスタッフがご相談にのりますから」

真弓が財布を手にした。

「とにかく先生、入院させて……」

患者は膝の上に載せたティッシュの箱から一枚を引き抜くと、それに紙幣を包んで千晶に押し付けてきた。

千晶は椅子から立ち上がって飛びのく。これ以上のトラブルは避けたかった。

「すみません、お、お気持ちだけで。まずは薬をお飲みください。では二週間後に」

最後は早口になっていた。看護師が真弓の肩を叩き、やや強引にドアまで誘導してくれた。

それでも彼女はなかなか診察室から出ようとしない。

「次の患者さんがお待ちですから」

「ひどい……。先生は私のことなんて、どうでもいいんですか？　先生だって、いつかは歳を取って、いろんな病気が出てくるんですよ。そのときになって、いま自分がどんなにひどいことを言ったか反省しても遅いですからねっ」

真弓が診察室を出た後、千晶は内線電話へ手を伸ばした。患者様サービス室に広瀬真弓の「支援」を要請するためだ。

本来は患者の側からの相談があって初めてスタートする業務だが、こちらから言っておいた方がよさそうだと感じた。

「患者さんは、精神的に追いつめられているようでした。まずは生活面で支えになる人の手配をお願いします」

サービス室のスタッフに伝えると、千晶はそっとトイレに立った。受付の前を通りかかる。

待ちくたびれた様子の患者がカウンターの前に立っていた。

「出直しますから、空いてる日を教えてください」

受付の事務職員が「患者様。大変お待たせして申し訳ありません。どの日も混み合っておりますが、比較的、待ち時間が短いのは……」と懸命に応じている。美咲だった。待たされる患者のつらさを考えれば、誰もが何とかしてあげたいと思うものだ。けれど現実は手一杯でどうしようもない。

よく「三分診療」と悪口を言われる。しかし、患者をひとりとして拒まず、全員を受け入れる方針である限り、待ち時間は長く、ひとり当たりの診療時間は短くなってしまう。待ち時間を抑え、かつ長く診察するためには、患者の数を制限するか、医師の数を増やすしかない。個人の力で解決できる問題ではなかった。

空いている日などあるのだろうか。千晶は、コンピューターの前で目を凝らす美咲が気の毒になった。彼女は田舎の両親に、百五十万都市の病院《しょくば》をどんなふうに話しているのだろうか。

診察室の個別ブースは、看護師らが行き来できるように奥の通路でつながっている。トイレから戻ってくるときに、陽子が患者の手を握り、顔をのぞき込んで何かを話している姿が見えた。患者だけでなく、付き添いの女性も嬉しそうにうなずいている。

　続いて隣のブースにいる金田の姿が目に入った。患者の話を聞いている金田は、全くの無表情だ。腰の痛みを訴える中年女性の患者は、あわてた様子で早口になり、かえってしどろもどろになっている。

「頑張って歩いてください。じゃあ、三か月後に」

　金田が一方的に診察終了を告げた。だが、言いたいことをまだ伝えきれていないのか、患者は出て行こうとしない。

「もう頑張ってますよ、先生。これ以上、どうやって頑張れば……」

　金田はあからさまに舌打ちした。そばに立つ看護師に「早く出せよ」と小声で言いながら、シッシと犬でも追い払うような動作をした。診察室から出し、早く次の患者を入れろという意味だ。

「あの、先生、お忙しいのは分かっていますが……」

　患者がこわごわとした様子で申し出る。

「だからね、検査をして骨に問題はなかったんです。あとは痛み止めを飲んでください」

　金田の両脚が工事現場のドリルのようになっていた。いつもの貧乏ゆすりだ。

「痛み止めはあんまり効かないんです。牛乳パックを冷蔵庫から出すだけでも腰が痛いんです。……こういう角度なら大丈夫なんですが」

患者が背筋を少し伸ばす姿勢を見せた。金田が膝を打つ。

「じゃあ、ずっとその角度でいればいい。では診察終了です。あなたは次の患者を随分待たせてますよ」

患者ははっとした表情になり、肩を落として立ち上がった。

そのときだ。待合室から事務職員の悲鳴が聞こえた。

「こっちは三時間近く待たされてんのや。なあ！」

真っ赤な野球帽を被った中年男性が、美咲の手をつかんでいる。

「――大事な客を待たせたままで、お前ら職員がトイレに行こうとはなにごとや！」

はずみで彼女は尻餅をついた。床面には見る間に水たまりが広がった。


午後二時近くになり、ようやく外来が終わった。

「疲れた……」という言葉が漏れ出る。

今日はL級の人が多かった。しかも待合室も荒れていた。

医師は頭よりも体力だ――大学時代、千晶は先輩医師からそう教えられた。当時は冗談だと思っていたが、いまは確かにそうだと思う。

疲れてくると、肝心の診断さえもたついて余計に時間がかかり、ひとりひとりの診察にますます時間を要するという悪循環に陥る。まさに今日の千晶がそれだった。

診察は、患者が診察室に入ってきた瞬間に始まっている。患者の表情や歩き方、ささいなしぐさから病気に気づくこともある。血圧や体温の計測、聴診などの診察所見も重要だが、患者が語る病気の経過から重要な部分を抽出し、医師の側から的確な質問を出して核心を浮かび上がらせることが、正しい診断にたどり着く鍵になる。

集中力が高いときは、病状を素早く見極め、診断や治療方針を効率的に決めていけるものだ。千晶はこのところ睡眠時間が四、五時間という状態で、特に昨夜は遅くまで入院患者の治療に当たっていた。今日の診療は、その内容についても自信が持てない。もっと睡眠時間を取らなくては。

そんなことを考えながら、病院内の食堂に続く階段を上った。値段はリーズナブルだが、味は大して良くない。「オアシス」という店名に苦笑が漏れる。

入口でふと嫌な気配を感じた。だがまさか、ここで食事をしているのを患者にとがめられるはずもないと思い直す。そのまま席に座り、千晶は遅い昼食を摂り始めた。

美咲は気の毒だった。あの一件で、山梨に帰る《じもと》などと言い出すことはないだろうか。両親は甲府で果樹園を経営しているという。本当は家業を手伝わなくてはならないけれど、現実から目を背けているのだと言っていた。両親の意に反してこの街にしがみつく意味を、彼女はいつか見いだせなくなるのではないか。

彼女の姿が自分に重なった。両親——老いた父と病んだ母から目を背けているのは自分だ。

突然、目の前に血管の浮き出た太い指が伸びてきて、丸まった白い紙をむしり取った。

「それ、私の伝票ですが……」

事態がのみこめなかった。顔を上げると、座間がほほ笑んでいた。

「千晶先生も大変ですねえ。これ、僕が。ほんの感謝の気持ちです」

千晶の伝票を持ったまま、座間はさっさとレジの前に立つ。

「いえ、困ります。あの……」

ピラフ代四百五十円。千晶が追いついたときには、座間はすでに支払いを終えていた。片手を上げてウィンクまでしている。

「困ります、これを」

急いで財布から千円札を取り出すが、座間はリュックサックを揺らして小走りに店を出て行った。

「あの、お代を……」

座間が後ろ向きで手を振っている。

つられるように千晶も指先を少し上げてから、馴れ馴れしすぎるしぐさだと思い直し、あわてて頭を下げる。

「どうもすみません」

千晶はオアシスの店先に立ち尽くし、礼を言うのが精一杯だった。

患者にごちそうになった後ろめたさで食欲は失せた。しかも、よりによって座間に。席に戻った千晶は、ピラフが半分ほど残る皿をそのままカウンターに戻した。

たかだか四百五十円ではある。けれど患者に払わせてしまった。もっときっぱり断ればよかったのに、なぜできなかったのか。居心地の悪さがぬぐえない。

ざらついた気持ちのまま、午後の病棟診療に向かう。

この日、千晶は新しい入院患者を担当することになった。七十六歳の男性、岡本卓《おかもとすぐる》だ。消化器系の癌が疑われて検査入院となった。診察のために病室を訪れると、岡本は居丈高《いたけだか》にまくし立ててきた。

「おい、もっと低い枕はないのか。それと、食事は何時からだ？」

明らかに千晶を看護師だと思い込んでいる。

「お食事の時間は、午後六時です。枕については、あとで看護師がご用意しますね」

続いて千晶が主治医だと告げると、岡本はポカンとした表情になった。

聴診や触診など一通りの診察を終えてナースステーションに戻ったが、アレルギーの有無を確認し忘れたことに気づいて、もう一度岡本の部屋を訪れる。入口にあるカーテンの前に立ったとき、岡本と家族の会話が聞こえてきた。

「女医かあ」

「ハズレだなあ」

いつものことだった。息を整えて三秒待つ。それから、ゆっくりと壁をノックしてカーテンを開け、病室に入った。ウイ・スキーの顔を意識しながら。

「岡本さん、いかがですか？　お困りのことはありませんか？」

岡本と家族は、少し戸惑うような様子を見せた。

「ええと……いまのところ大丈夫です」

「先ほどお尋ねするのを忘れてしまったのですが、これまでにアレルギーの出たお薬や注射はありませんでしたか？　たとえば歯医者さんで麻酔を打って、気分が悪くなったといったことは？」

「別に、ありません」

「そうですか。あ、もうひとつお伝えし忘れていました」

病院内であってもインフルエンザなどの感染症にかかるリスクがあること、病状の変化が起こりうること、さらにカルテ開示の請求方法を伝え、最後に主治医交代の希望申し立てシステムがあることを言い添えた。

気のない返事を繰り返していた岡本が、真剣な顔つきになるのが分かった。

病室を出ると、カーテン越しに岡本の声がする。

「……だってお前、命に関わることだぞ。女医になんて任せられっかよ」

すべての入院患者を回診し終えて医局に戻り、診断書や保険の請求書、退院患者の入院記録《サマリー》などを書く。そういう諸々の病棟業務を終えたときには、午後十時を過ぎていた。それでも昨日よりは少し早い。帰ろうと思った次の瞬間、ある入院患者の病状が心配になった。昨日から血尿が出ている五十五歳の男性だ。確認しておかなければマンションの部屋に戻ってからも気にしてしまいそうだ。

もう一度病棟へ行き、患者の病室をのぞく。尿の入ったバッグを点検した。今朝はまだワイン色だったが、いまは紅茶程度の薄い色になっている。よかった、出血は止まりつつあるようだ。

そっと立ち上がって病室を出て行こうとしたとき、背後から患者の声がした。

「毎日、ご苦労なこった」

「あ、起こしちゃってすみません」

千晶は小さく手を合わせる。

「先生は御殿でも建てる気か？」

冗談を言ったのだろうか。だが患者の目は笑っていない。

「はい？」

「大した金儲け主義だな」

意味が分からなかった。

「残業代、相当稼げるんだろ？」

ああ、そういう意味か――。力が抜ける。何時まで働いたところで、給料は変わらない。けれど、わざわざそんなことを訂正する気にもならなかった。黙って病室を去り、患者が発した言葉を吟味する。自分の行為は何だったのだろう。いい子ぶるつもりはないが、断じて「金儲け主義」ではない。ただ純粋に患者が心配で、良くなってもらいたいだけだ。それなのに通じない。

きっと冗談だったのだろう、と思い直す。自分が疲れているから、冗談を冗談と聞き流せなくなっているだけだろう、と。悪意があるとは思いたくない。患者が冗談を言えるまでに回復したと喜ぶべきなのだ。なのに、そう考えようとすればするほど胸の奥に嫌な痛みがうずく。

医局に戻ると、机の上に一枚の紙が置かれていた。「主治医交代申立」により、担当の変更があるという事務局からの通知書だった。

やはり来たか。そう思って伸ばした手が止まる。申立人の氏名は「ハズレ」と言った岡本卓ではなく、別の女性患者だった。

小さなボディーブローがまたひとつ重なる。むくんだ足を引きずるようにして、裏階段の扉を開けた。

昼間、座間に昼食代を払ってもらったことが記憶の中に顔を出す。渋皮を噛んだときのような苦味が口の中に広がった。嫌な気持ちを振り切る思いで階段を駆け下りる。

夜間出入口の前に、陽子がいた。

「千晶先生、ちょうどいいところに。お腹空かない？」

ふっと緊張が解ける。まっすぐ帰るつもりだったが、陽子と食事ができるなら話は別だ。

「ペコペコですよ」

お腹と背中を押さえる。陽子が嬉しそうに笑った。

「つけ麺、食べに行こうか？」

「はい、ぜひ」

病院の近くに、魚介スープのおいしいつけ麺屋があった。行くのは二度目だ。初めてのときも陽子と一緒だった。

狭い店内のカウンター席に陽子と並んで座る。

「陽子先生、睡眠不足は、お酒に酔った状態と似ているらしいですね」

ストレスの多い毎日。入院患者の診察や書類整理で深夜まで帰れない。その上、週に一回の当直――どの医師も睡眠不足であるのは同じだった。

「寝不足のときに、やたらラーメンが食べたくなるのは、そのせいれすね〜」

陽子が酔っ払いの真似をしてふざける。こういうときの彼女は、四十二歳とは思えないほど無邪気だ。

「医師の命が平均寿命より十歳も短いのは、睡眠不足も関係あるんでしょうか」

陽子がちょっと真面目な顔になった。

「大ありだと思うよ。私たちが睡眠時間を削ってようやく回るような勤務体制、おかしいよねぇ」

「こんなに毎日遅くなって、ご主人に怒られません？」

「あ、旦那はいまア・メ・リ・カ。優雅な海外研修で留守だから大丈夫よ」

陽子は顔の前で手をヒラヒラさせる。

つけ麺が来た。とろみのある魚介のスープは、本当においしい。

千晶は今日、最後に回診した患者を思い出した。

「陽子先生、金儲け主義って言われたことはないですか？」

「あるある。でも、私たちみたいなサラリーマン医師に言うなんて、ピント外れよねえ」

陽子はグラスの水を口に運んだ。

「千晶先生、病院の利得の鉄則を知ってる？」

「さあ、分かりません」

「検査をたくさん入れて、短期で退院させ、手術件数を増やすこと、だってさ」

患者を二週間以内に退院させるよう、千晶も毎日のように言われている。長期になると、病院に入る診療報酬が減る仕組みになっているからだ。

「だけどさ、私たちは必要のない検査をすすめるほど暇じゃないし、入院患者をむやみに追い出すほど冷たくもなれない。不要な手術をすすめるほど非人間的でもないし。サラリーマン失格ね」

陽子は自嘲気味に笑った。

「そうですよ。良心に従って仕事するだけで精一杯です」

本音だった。どうやったら治せるかは考えても、どうやったら稼げるかなど考えたこともない。

っているだけ」

「病院や医師を悪く言うのは、患者の憂さ晴らしなのよ。世間的なイメージに乗っかって言

「憂さ晴らし……ですか。感情のはけ口が医療従事者に向かうっていうのは寂しいですね」

「寂しいし、ギスギスして嫌よねえ。ホントの話、私たちが一生懸命やるのはお金のためじゃない、使命感よ。深夜まで、それこそ命をかけてやっている。それでも患者は、金儲けだから当然だという顔をして、サービスが悪ければ容赦なく文句を言ってくる。ああ、本当に嫌よねえ。病院が赤字なら患者は満足するのかしら。おかしいわよねえ」

陽子は酔っているのかと思うくらい多弁だった。

「日本みたいに安く医療を提供している国はない。クレーマー患者の過剰な要求は、ファミレスの値段で三ツ星レストランのフルコースを要求するようなものだ。そんなんでシステムが成り立つ訳がない」と、いつだったか金田もそんなことを言っていた。

「もし赤字になって病院が潰れたら、誰が困ると思う？」

「え？　病院の経営者ですよね」

「甘い、甘い。経営者は利益があるうちに、さっと手を引くわよ」

「じゃあ、誰が困るんでしょう」

「やっとの思いで通院する地域の高齢者たちよ。難癖をつけて病院の経営を揺るがすクレー

マーのやってることは、結局、地域のお年寄りをいじめているのと同じなのよ。だから私はそういう患者が大っ嫌い。理不尽なクレームなんて、千晶先生は全く気にしなくていいから」

陽子は一気に話を終えた。しばらく二人は無言で麺をすする。

「それにしても疲れたね」

陽子らしくないつぶやきだった。さっきまでの気勢がすっかり消えている。

「はい、疲れました」

陽子でもこんな弱音を吐くのかと思いながら千晶は答える。

睡眠不足で仕事に追われ、患者の無理難題を聞き、女性蔑視の陰口を叩かれる。疲れる要素を数え上げたらきりがない。

「頑張ろうね、何があっても」

陽子は小さなガッツポーズをした。千晶のために無理に元気を出してくれているようにも見える。

「はい、頑張ります」

千晶は同じ言葉を返し、気持ちを支えてくれていることに感謝する。

魚介スープを飲み干した。体があたたまったのは、決してスープの力だけではない。明日からも頑張ろう。素直にそう思える。

ただ、別れ際に陽子が「何があっても頑張ろうね」と、また繰り返したのが気になった。

2

この日の患者様プライオリティー推進委員会では、居眠りをする医師はひとりもいなかった。外部のコンサルタントによる説明が目新しいのと、お金にからむ話だからだろう。

「患者様からは、絶対にお金を受け取ってはなりません。なぜなら、お金を渡したことによって患者様は必ず過剰な期待を寄せるからです」

質問の手が挙がる。またしても金田だ。

「どんな期待ですか？　僕は内科医ですが、お金をもらったからといって血圧の薬を大盛りにできる訳でもありませんし。患者もそれを分かって渡すのだから、単なる好意として受け取っても別に問題ないかと。昔は、それが当たり前の風景だったんでしょ？」

居並ぶ各診療科の部長たちが苦々しい表情になり、少しざわつく。

「先生、それは間違っています」

講師は厳しい表情で咳払いをした。

「——金銭を受け取ってしまうと、あらゆる面でのリスクが高まります。たとえば、『笑顔』です。たまたま先生が忙しくて、その患者様に笑顔で対応ができなかったとします。すると、もうアウトです。患者様は『金を渡したのに、その態度は何だ！』と逆上してきます」

会場は急に静かになった。

「お金をもらうとは、そういうことです。火種をもらうことだと思ってください」

講師の総括を引き継ぐ形で、高峰事務長が立ち上がった。

「いいですか、先生方。お金を渡す患者様は、金で医者をコントロールできると考えている、ということをくれぐれも肝に銘じてください。やむを得ず受け取ってしまった場合は、事務局から患者様へお返ししますから、すみやかに届け出てください。該当するケースでありながら申告がない場合、当院の就業規則に準じて処罰の対象といたします」

ホールにどよめきが起きた。

「処罰とはどういう意味ですか？」

金田が気色ばむ。

「処罰は処罰です。いいですね？」

事務長は満足げに出席者の顔を見回した。

はっとした。座間に食事代を支払われたのを思い出したからだ。金を渡された訳ではないが、結果的に四百五十円をもらったことになるのではないか。

「今後のこともあるので、ここで問題事例をひとつ指摘しておきましょう」

余裕たっぷりの元銀行マンが、スーツのボタンに手を添えて言った。

「相対的に法令遵守《コンプライアンス》に忠実だとされる女性ドクターに関して、問題行動の情報提供を受けました」

全身に電気が走った。オアシスでの一件が密告されたのだ。

あの日、オアシスに入った瞬間、嫌な気配があったのは、これだったのか。千晶は顔から汗が噴き出すのが分かった。

「内科の浜口陽子先生。先日、患者様から受け取った現金五万円の件、いまここで報告していただけますか」


その夜、少し遅刻したものの千晶はシステマ教室に参加した。

今日のテーマは、「ナイフワーク」だった。ナイフ攻撃を冷静に防ぐ方法を体得する練習だ。どうやってナイフをかわすのか、そのとき体の軸はぶれていないか。二人一組になって、シミュレーションを何度も繰り返す。

練習で用いるナイフは、硬質ゴム製の模造品だ。とはいえ、ナイフそっくりの物を目の前に突きつけられると、経験したことのない緊張を覚える。

一方の攻撃役も、「ナイフで人に切りつける」という動作に慣れていないため、動きがぎこちなかった。それを吉良が指摘する。

「ナイフをバターナイフと思ってごらん。人を切るときは、パンにバターを塗るように！」

吉良の喩《たと》えは身近で分かりやすい。ナイフを的確に使うためにリラックスせよと指示されても難しいが、バターを塗るように人を切れと言われれば、できるような気がしてくる。

休憩時間、車座になって講師の話を聞いた。ロシアで受けたシステマの合宿訓練の体験談だった。

合宿も終盤を迎えた朝、約五十人の参加者が森の奥に連れて行かれたという。参加者に課せられたワークは、その場で解散して日没までに合宿所に戻る、というものだった。

ただし、森には体長三メートルにもおよぶヒグマが出る。熊から身を守るための「避難ボックス」――公衆電話のボックスより一回り小さいサイズの鉄の箱が所々に設置されてはいるが、ボックスに入れるのはせいぜい二人が限度だったという。しかも、置かれているのは数か所だけ。

常識の通用しない過酷な訓練に、受講生たちは言葉を失った。なぜそんな危険に身をさらすのか。訓練の域を超えている。

「でも全員が戻れたんですよね？」

誰かの質問に吉良は、あいまいな笑みを浮かべただけだった。

第四章　豹変

1

九月も最終週に入った。佐々井記念病院の玄関前の花壇に深い赤色のワレモコウがたくさん揺れていた。

「真野先生、ありがとうございました。無事に手術が終わりました」

ドアの前で頭を下げる患者に、心からの笑顔を返す。千晶が早期の大腸癌を見つけ、外科につないだ患者だった。

「どういたしまして。また何かありましたらいつでも受診してくださいね。お大事にどうぞ」

大腸癌は転移もなく、完全に切除できた。少し強引に検査をすすめて本当によかった。

このところ、外来診察室では比較的穏やかな時間が流れるようになったと思う。病棟の回診でも「お忙しいところありがとうございます」と言ってくれる入院患者が少なくない。これまではLの言動に心を乱されるあまり、自分を頼りにする患者がいることを感じる余裕を失っていたようだ。

「次の方どうぞ」

看護師が出してくれたカルテを受け取る。患者の氏名を確認しようとした矢先、耳に飛び込んできたのは、あの声だった。

「千晶先生、こんにちは」

オールバックと黄色い縁のメガネ。大きな顔を突き出すようにして向かいの丸椅子に座る。

午前外来の九番目に現れたのは、座間だった。

千晶は顔がこわばるのを感じた。これまで何度となく病院内で遭遇してきたが、診察室で相対するのは初めてだ。オアシスの件が頭にちらつくが、ここで四百五十円を返す訳にもいかない。

座間敦司、年齢は四十九歳。佐々井記念病院での受診歴は――なし。

カルテを見て当惑した。驚いたことに、座間は全くの初診だ。てっきり受診歴の長い常連患者と思い込んでいたが、それは誤解だった。

もちろん他院からの紹介状もなく、病歴・既往症、処方の記録は空欄だ。千晶は、他の患者の際にはあまり見ることのない箇所まで目を向けた。保険の所属分類は、国民健康保険。住所や家族データは記入がなかった。

「座間さん、いかがされましたか？」

普段通りを心がけながら、千晶は尋ねた。

「千晶先生、睡眠薬を処方してください」

座間は症状も言わず、機械的な調子で言った。

「睡眠薬ですか……」

いきなり睡眠薬の処方を求めてくる患者は、要注意だ。鎮痛剤の注射を要求し続けた先日の赤シール患者と同様、薬物乱用なども疑われる。千晶は少し警戒感を強めた。

「すぐにお薬を、という訳にはいきません。まずはどんな状態か教えてください。眠れないんでしょうか？」

「はい、特に寝付くまでに時間がかかります」

座間は素直に従い、千晶の質問によどみなく答えていった。

ひとくちに不眠症——睡眠障害といっても、さまざまなタイプがある。入眠障害、すなわち布団に入ってもなかなか寝付けないタイプ、夜中に何度も目が覚める中途覚醒や早朝覚醒、ぐっすり眠れないことを主に訴える熟眠障害などだ。これらの症状に応じて、薬効のタイミングや強さを調整し、数多くの睡眠剤を使い分ける。

問診に対し、座間の説明に迷いはなかった。むしろきわめて整理されすぎた形で症状を提示し、奇異なほどだ。

「なるほど、座間さんの睡眠障害は、入眠障害のタイプですね。お休みになる際、早く薬効の出るお薬を処方しましょう」

千晶は、副作用の少ない睡眠薬、ゾルピデムの処方を決めた。

「ゾルピデム、商品名はマイスリーといいまして……」

座間が「ちょっと待ってください」と千晶の言葉をさえぎった。

「ずっと以前、マイスリーを頓用《とんよう》したことがあるのですが、そのときはあまり効き目が感じられなくて……。できれば、ハルシオン〇・二五ミリグラムでお願いしたいのですが」

マイスリーもハルシオンも、効き目が速い超短時間作用型の睡眠薬に分類される。だが、決定的な違いがあった。ハルシオンは、ベンゾジアゼピン系催眠薬。一方のマイスリーは依存性などの副作用を軽減するため、薬の分子構造を変化させた非ベンゾジアゼピン系催眠薬だ。

座間の「頓用」という言葉遣いや、睡眠薬に関する知識、さらには薬品名やミリグラムを指定されたことに千晶は違和感を覚えた。

ただ、座間のリクエストをはね返す論拠はない。

「分かりました。ではご希望を尊重しましょう。初回ですから、お薬は二週間分を……」

千晶はハルシオン——薬の一般名トリアゾラムとカルテに書き込んだ。

「困りますよ、千晶先生！」

突然、座間が大声を上げた。

「最近は僕、すごく忙しいんです。そんなに何度も病院に来られませんから、薬は二か月分をお願いします」

「この薬、投薬期間は最長でも一回に三十日分と決められているので……」

厚生労働省の告示によるものだ。仕事で通院が困難であるとか、遠隔地に住んでいるといったことは理由にならない。

「じゃあ先生、一日にハルシオンの〇・二五ミリグラム錠を一錠ではなく、二錠でお願いできませんか？」

座間は大きな顔を近づけ、内緒話をするかのように小声で言った。口臭が強い。

「〇・五ミリグラムでも許容量だから問題ないですよね？　その量で飲みますから」

座間の言うことは理屈が通っていた。ただし、もしハルシオン〇・二五ミリグラム錠だけを飲むなら、二か月分の処方を受けたことになる。座間はそのあたりの事情にも通じているようだ。

「眠れない日が、続いているんですよお」

座間は突然、泣き顔になった。

眠ることのできないつらさ――つけ麺屋でそんなことを陽子と話したばかりだ。

「……分かりました。お薬は調整が利くように〇・二五ミリグラムを二錠、一か月分お出ししますね。お会計の際に処方箋を受け取ってください。お大事にどうぞ」

すっくと立ち上がった座間は、左手で敬礼した。

「ありがとうございます、千晶先生。恩にきます！」

それが、座間の初診だった。

2

驚いたことに、座間は同じ週の木曜日にも外来にやってきた。忙しくて来られないと言っていたのは何だったのか。

「どうされましたか、座間さん。お忙しかったはずでは？」

座間は診察室の丸椅子に音を立てて座った。

「もちろん忙しいですよ。でも、困ったことが起きたんです」

眉間にしわを寄せ、深刻そうに額へ手を当てた。

「いかがされましたか？」

「それがですね、千晶先生。睡眠薬を失くしちゃいました。再処方してください」

座間はするりと言った。

「失くした？　座間さん、どういうことですか」

詰問調になっていたかもしれない。だが、患者様対応マニュアルに従う気持ちにはなれなかった。

あの一か月分、いやもしかしたら二か月分のハルシオンはどこへ消えたのか？

「安い紹介所にヘルパーを頼んだのが間違いでした。いろんなものが失くなるんですよ。いや、参りました」

「他には何を？」

「いや、今回の被害は薬だけでしたけどね」

座間はうっすらと笑っていた。

「座間さん、ハルシオンだけ盗まれたということですか？」

都合がよすぎる。どう考えても胡散臭《うさんくさ》い。

「そうですよ。だから再処方をお願いしに来たんです。僕を疑うんですか？　失礼な」

いままで聞いたことのない低い声だった。その変化はあまりにも唐突で、同じ人物の声とは信じられないほどだった。

「失くしたものは失くしたんですよ」

座間の変わりように、千晶は困惑した。

「しかし、ですね……」

「あれがないと眠れないんですよっ」

かぶせるように座間は言い募った。

「明日はまた母の介護があるんです。昼も夜も世話しているんですよ。僕が寝不足になって、母をベッドから落としたら、千晶先生が責任取ってくれるんですか？」

母親の介護の話は千晶を動揺させる。ヘルパーが盗んだ、あるいは間違って捨てられた──確かに、そうした可能性はゼロではないだろう。目の前の患者が本当のことを話していると信じてしまえば、次の患者に移ることができる。

「分かりました」と答えようとしたときだった。

「僕は、ちゃんとお金を払っている患者様なんですよ」

勝ち誇ったような声だった。それを聞いて、千晶は少し冷静になった。度重なる睡眠薬の過剰処方を行えば、診療報酬を減額査定されてしまい、病院の損失になると思い至ったからだ。

病院の診療報酬明細書《レセプト》は、厳しく審査されている。健康保険で認められたもの以外の治療や過剰処方をすると、その医療行為は保険診療と認められず、病院は保険の支払い機関から医療費を支払ってもらえない。これが減額査定だ。

座間の加入する国民健康保険は、利用者の窓口負担が治療費や薬代の三割で、残る七割は国保から支給される。だが審査の結果、過剰処方と判定されてしまうと、国保は支払いを拒否する。結果的に七割の分については病院が負担せざるを得なくなる。後から座間に追加請求するわけにはいかない。そうなれば、千晶が病院から注意を受けるのは必至だ。

受付の方から声が聞こえた。

「すみませんが、もっと椅子を出してもらえませんか。母が立っていられなくて……」

待合室にいる患者たちの我慢は、限界に達しつつある。

看護師が指で早回しのポーズをした。確認するまでもない。急げという意味だ。座間とゆっくり話をしている時間はなかった。仕方なく再処方に応じる。

「では、一週間分を出します。前回お渡しした薬が見つかるかもしれないので、お心当たりの場所をよく捜してみてください。お願いします」

千晶は頭を下げた。「過剰」とは言え、一週間分だ。それなら言い訳も立つ。

「盗まれたんだ！　出てくる訳ないじゃないか！」

座間は声を爆発させた。口をゆがませ、目を吊り上げて。

看護師が困り切ったような表情で千晶を見つめる。急がなければならなかった。

高峰事務長の訓話が思い起こされる。

〈患者様の医療機関への期待値は、物心両面において非常に高い。患者様プライオリティーは、佐々井記念病院の生き残りをかけた経営戦略なのです――〉

「分かりました。では、前回と同じ処方を……」

ハルシオン〇・二五ミリグラム二錠を一か月分、いや、一錠なら二か月分の再処方を認めさせられた瞬間だった。

「分かりゃいいんだよ。せっかくごちそうしたのに、堅いなあ」

座間がオアシスでの一件を口にした。やはり魂胆があったのだ。千晶の完敗だった。

座間が診察室を出て行ったあと、看護師に尋ねられた。

「あの患者様、先生のお知り合いなんですか？」

千晶は当惑した。どう説明すればよいのだろう？

「なんだか知らないけど、院内で何度か声をかけられて……」

千晶がそんなふうに答えると、看護師は訝《いぶか》しげに首をひねった。

「それで、デートしたんですか?」

「まさか。オアシスでピラフを食べていたら、伝票を取られちゃったんですよ。ピラフ代四百五十円の伝票」

「そうなんですか。先生、めんどくさいことになっちゃいましたね。断れなかったんですか?」

看護師は、同情するような目で千晶を見る。

「いや、もちろん断りましたよ。でもさっさと払って出て行かれちゃって……」

やはりうかつだった。千晶はあの日、オアシスの店先で感じた嫌な気配を無視したことを悔いた。

いや、伝票の件だけではない。事態はもっと悪い方向へ進みつつある。

自分は過剰処方の片棒をかついでしまった。しかも依存性のある睡眠剤だ。千晶は激しい自責の念にも駆られた。

午前外来が終わった。たまには作りたてのものを食べたいと思うが、オアシスは素通りする。座間の一件があって以来、行くのが怖くなった。

コンビニへ行くと、いつもの卵サンドが売り切れていた。嫌なことは重なるものだ。いなり寿司にしようと思った瞬間、目の前で最後の一パックを取られた。迷った挙句、ハムチーズサンドを買う。医局へ戻ると、すでに陽子は昼食を終え、ソファーでくつろいでいた。

「千晶先生、お疲れさま。ここにどうぞ」

陽子がほがらかに手を振る。彼女はめげない。

あの日、患者様プライオリティー推進委員会で、事務長から吊るし上げを食らっても堂々としていた。

「五万円は確かに受け取りました。でも、その日のうちに事務局に届け出ました」

満座の中で一歩も譲らず、高峰事務長と対峙していた。陽子は強い。

そしてその言葉の通り、事務局の金庫の中から茶封筒が見つかった。陽子から届け出を受けながら多忙に紛れて記録を怠り、金庫に封筒ごと放り込んでいた事務局側のミスだった。

医局の中央を占めるソファーのテーブルには、この日も新聞や学会誌、医薬品事典などが積み上がっている。陽子は千晶のランチのために、それらを脇によけてくれた。

「陽子先生、ありがとうございます」

千晶が席に着く前、陽子と金田は五万円騒動について話をしていたらしい。

「……でも、新人の娘《こ》が責任を押し付けられるのはヘンよ。私、彼女に封筒を託した覚えはないし」

そのとき事務局のカウンターにいたはずだという職員の名前を何人か挙げ、陽子が疑問を口にする。

「元銀行屋が事務取扱マニュアルを好き勝手に改訂したり、他院からの転職者を受け入れたりして、事務局も結構混乱してるみたいだなあ」

金田がふんぞり返るようにして嘆いた。

「混乱かしら？　こんなとき標的《ターゲット》にされるのは、いっつも女子よ。しかも若手。そういうところから組織全体が揺らいでいくというのに」

陽子は珍しく辛辣だった。

千晶がサンドイッチを食べ始めると、向かい側に座った金田が意味ありげに目を細めた。

「で、千晶ちゃんも、まずいんじゃないの？　患者にゴチになったんだって？」

座間の件だ。さっそく外来の看護師から金田に話が伝わったらしい。

「いや、勝手にオアシスの伝票を取られちゃったんですよ」

「いくら？」

「四百五十円です」

「いいじゃない、それくらいなら」

陽子がかばってくれる。

「それくらい？　甘い、甘い。それも事務局通じて患者に返還するのが筋でしょ？」

金一封と同じ対応を、即座にすべきだったのだ。食事が済んだら、すぐに事務局へ行こう。

「それにさあ、患者の嘘が分かっていて睡眠剤《みんざい》を制限以上に処方したんだって？」

看護師は、そんなことまで金田に話したのか。

「あ……はい。でも、完全に嘘とは言い切れませんでしたので……」

「ちょっとカネゴン！　一方的に千晶先生を責めないでよ。眠れないって神経質になる患者は多いじゃない。私も根負けして出したことあるよ」

「根負けで処方しちゃったら、ごね得ってことになるじゃん」

「ごね続けられたら、他の患者が回らなくなるでしょ。どっちの被害が大きいか、外来やってれば分かるでしょ」

陽子は、金田をにらみつけた。

「まるでファストフード・ショップだな」

「どういうこと？」

「ご注文は何ですか？　眠剤ですね。ご一緒にバイアグラもいかがですか？」

金田の裏声に、周囲から失笑が漏れた。他の医局員も昼食を終えて戻り、三人の会話を聞いていたのだ。

「そういう対応が、患者を付け上がらせるんだよ。ゴチになるから、そういう目に遭うんだ」

確かに、規定量を超えた眠剤を簡単に処方すべきではなかった。

だが、それは食事で懐柔されたからではない。いや、本当にそうだろうか。後ろめたく思ったのは事実だ。少し自信がなくなる。

「ひどい言い方ね。たった四百五十円で、そんな訳ないじゃないの」

陽子が真剣に抗議してくれた。

「金額の問題ですか、陽子先生？　四百五十円ならよくて、五万円はダメなんですね。じゃあ、九千万円ならどうなんです？」

訳の分からない数字を持ち出し、金田が陽子をからかっている。

陽子がいきなりソファーから立ち上がった。テーブルが揺れ、雑誌や新聞が音を立てて床に落ちる。下唇を嚙む陽子の目が潤んでいた。

「ふん」

金田は陽子から顔をそむけると、医局を出て行った。

「……陽子先生、巻き込んですみません」

はっとしたように陽子は表情を和らげる。

「違うの。これはカネゴンと私の問題だから。千晶先生は気にすることないからね」

「はい、でも……」

千晶は初めて見る陽子の様子に内心、驚いた。普段はほとんど動じることのない陽子が、金田のひとことで言葉を失っていた。それどころか、涙ぐんでさえいたのだ。半年間、昼夜を問わず顔を合わせながら、自分の知らない陽子がいるのだと気づいた。

食べ終えたサンドイッチの包みをゴミ箱に捨てると、千晶は財布から四百五十円を出し、机の引き出しにあった茶封筒に入れた。その足で事務局に持参する。

座間は、母親を介護していると言っていた。母親にも睡眠薬を飲ませているのかもしれない。

だが、それもやはりルール違反だ。とにかく、ルールを守らなくては。それが最終的に自分だけでなく患者を守ることにもなると思うから。

小銭の音がする封筒を事務局の窓口に提出した。いわゆる金一封ではない。事務局の職員はけげんそうな顔で封筒を受け取った。

午後三時半からは患者様プライオリティー推進委員会が開かれる。この日の会合では、暴力的な患者や家族への対処法が解説される予定だった。

佐々井記念病院は、患者に対して徹底的な性善説を取る。その分、院内の暴力に対して医師はとても弱い立場となる。だから万が一の事態に際し、暴力を回避する方法をあらかじめ教育しておこうという趣旨だった。

講師役で病院の警備員が出席している。約二週間前、千晶が当直のときに喘息発作の患者を抱きかかえて診察室に運び入れてくれた白髪の警備員だ。

司会役の高峰事務長の意を受けて、沼田主任が立ち上がった。

「本院の警備を担当する蓮見勇夫さんは、神奈川県警の暴力団対策課に長く勤務された経歴の持ち主です。五年前に県警本部を定年退職され、本院の安全渉外担当兼警備担当の主任に就任されました」

沼田は手元の経歴書に目を落としながら蓮見を紹介した。

「おっさん、マル暴刑事《デカ》だったんか……。まさしくの髪型ではあったがな」

千晶の斜め後ろの席で、金田がつぶやいている。白髪まじりのパンチパーマのことを言っているのだろう。

警察学校で逮捕術や柔道、剣道を習ってきたはずだから、たとえ六十五歳でも、暴力患者のひとりくらい何とかできるのだろう。それに、警察在職中に強面《こわもて》の組員たちを相手にしてきたのなら、さまざまな対処法に通じているに違いない。

マイクを手にした蓮見は、咳払いをして話し始めた。

「皆さんはお医者さんですから、どんなときに救急車を呼ぶべきかはすぐに分かると思います。では、どんなときに警察へ通報すればいいか、分かりますか？」

彼は、少しでも殴られたりすれば、それは立派な暴力だから、即座に自分を呼んでくれと言った。

そうすれば、蓮見が警察に連絡すると。

なるほど。警察への通報はハードルが高いから、警察を呼ぶレベルかどうかを判断してもらえるのは助かる。

「では、基本的に一一〇番は蓮見さんにお願いしていいんですね？」

頼もしく思いながら千晶は質問した。快諾の返事がもらえると思っていたが、蓮見は瞬きもせず、困ったような顔で千晶を見据えている。

「ニュアンスがうまく伝わらないかもしれませんが、まず言いたいのは、すぐに一一〇番するとは限りません。私がするのは、警察への通報です」

「どういうことでしょう？」

マイクを持った蓮見が、また咳払いをした。

「通報の仕方は、さまざまあります。近くの派出所に出向く、警察署に電話する、県警本部に連絡する等々。問題のある患者――様が、病院に対する攻撃の矛《ほこ》を収めてくれさえすればいいというなら、いきなり一一〇番して騒ぎを大きくする必要はありません」

蓮見の説明が理解できず、首を傾げる。

「いいですか。一一〇番通報をすると、県警の通信司令室から発せられる警察無線で、県内のすべての警察署が事態を知ることになり、場合によっては当病院にサイレンを鳴らしたパトカーが大挙して押し寄せます。そうなると、どんな事態に陥りますか？」

白衣を着た出席者が皆押し黙っている。そこへ、高峰事務長が「答え」を差し伸べた。

「『佐々井記念病院に、またパトカーが来た』『あそこはトラブルが頻発しているようだ』『いったい、あの病院はどうなってるんだ？』――そうした噂は、患者様やご近所様の不安な心を刺激し、当院の悪評となって拡散します。で結局は、『あんな病院にかかるものじゃない』となる。必ずや当院の信用問題に直結します」

蓮見は高峰事務長をチラリと見た。

「つまり、少しばかり暴れてしまった患者様にお引き取りを願うには、制服警官がひとりいれば十分なんです。若い巡査が近くの派出所から自転車に乗ってちょっと来てくれるだけでいい。パトカーよりも現着に多少時間がかかるというデメリットはありますが」

大きくうなずいた高峰事務長が後を引き取る。

「その通り。パトカーなんか来ない方が、総合的に考えれば病院にとってメリットが大きいのです。何でもかんでも一、一、〇と電話のボタンを押すだけなら誰にでもできる。でも蓮見さんには、これまでにつちかった人脈と迂回ルートを使って、適切に警察に応援を要請するやり方を選んでいただくようにお願いしています」

　患者が凶暴化したとしても、この病院は評判を優先するのだろうか。千晶は少し不安になる。佐々井院長も、どことなく不満そうだ。それでも、高峰の発言に異論をはさもうとはしない。

「皆さん、冷静な気持ちで対処しましょう。こうした穏便なやり方が、めぐりめぐって患者様の安心と病院の経営改善につながる。患者様プライオリティーの精神です」

　高峰事務長は、居並ぶ医師たちをいつも以上に満足げな顔で見渡した。


　その日のシステマ教室では、「ストライク」というワークが課せられた。みぞおちにパンチを受けるという訓練だ。

　千晶はこのストライクが苦手だった。ナイフの扱いやヒグマからの避難と同様、教室での学びの域を超えた課題だと思う。

　みぞおちは筋肉が薄いため鍛えようがない。そこを殴られることで、肝臓や膵臓《すいぞう》といった臓器にダメージを受ける可能性がある。場合によっては致死的な内臓破裂に至るかもしれない。だからこそ、みぞおちは急所なのだ。

ストライクをする役は吉良で、受講生が順番にそれを受けていく。パンチを避《よ》けることは許されない。柔道の受け身のような工夫も何もない。単に正面から殴打されるだけだ。

受講生が横一列に並ぶ。吉良が右から左に移動し、各人にストライクを見舞う。昔の軍隊で、若い兵隊が上官からビンタを食らう構図に似ている。

鈍い音がひとつ、またひとつ、と間隔を置いて響く。

みぞおちをパンチされた受講生は、苦痛でのたうち回る。ある者は膝を突き、ある者は床に転がる。そして一様にシステマの呼吸法を繰り返すことで、痛みに耐える。

千晶は毎回おびえ、いつも最後にストライクを受けた。講師は手加減しているはずだ。けれど、ストライクされると息が詰まるような痛みを感じる。苦痛が去ったあと、肝臓や膵臓は大丈夫だろうかと、そっと自らの腹を触診する。

驚いたことに受講生は皆、「この苦しみに耐えられれば、何にでも耐えられそうな気がする」と、ストライクのあとは晴れ晴れとした顔になる。

みぞおちのパンチは、極限の苦しみに直面したときにも冷静さを失わないための訓練だ。ナイフを突きつけられるのも、ヒグマの森に置いてけぼりにされるのも、極限状態に耐えるための訓練。パニックにならずに正しい判断を見つけ、生きていくための練習なのだ。千晶はいつもそう思うことで激痛に耐える。

教室の最後に、ゆっくりとしたスクワットで沈んでいく。スクワットの回数は一回だけ。呼吸法を続けながら、どこまで耐えうるか――。

スクワットの姿勢のまま、千晶は座間について考える。

なぜ自分は嘘を疑いながらも、薬を処方してしまったのだろう？　外来患者が立て込んでいたからだろうか。それとも食事代の恩義を感じていたのか。あるいは、ごねられて驚き、単にパニックになっていたのか。

いや、そうではない。あのとき千晶は、座間から気配を感じたのだ。嘘だけでは説明のつかない、訴えに潜む何かを。

それは、切迫感のようなものだった。座間の悲痛な日々が見えたような気がした。あるいは、もっと先にある何かを――。

「患者の苦痛を除去することを優先した」「あれは人道的な処置だった」と自分に言い聞かせ、自己を正当化したいのか。だからといって過剰処方していい理由になるのか。

千晶の思いは、また迷路に入り込む。

スクワットする太腿が小刻みに震えてきた。三分経過の声が聞こえる。次の瞬間、千晶は「限界」と座り込んだ。周囲を見回すと、涼しい顔をしてスクワットし続けている受講生が何人もいる。

続いて腕立て伏せも一回だけ。こちらは三十秒もできなかった。再び床に倒れ込む。自分の弱さを思い知る。

処方しない方法があっただろうか。座間の対応については、いつまでも答えが出ない。

座間は翌週も千晶の外来を受診した。

「病院から帰る途中で薬をひったくられたんです。きっと薬局にいたところから狙われていたんですよ。物騒な世の中になりましたねぇ」

そう言って、ハルシオンの追加処方を要求する。

「証拠もありますよ、ほら！」

戸惑う千晶の目の前に、「盗難届」と書かれたＡ４判の紙が突きつけられた。

「わ、分かりました」

千晶は文書のコピーを受け取ると、仕方なくハルシオンを再処方した。

さらにその翌週も、座間は診察室に現れた。

「母親がぼけちゃってハルシオンを捨てたんです。薬って、白いゴミ袋みたいな袋に入っているから間違いやすいですよねぇ。先生、いつものように頼みますよ」

変だとは思う。だが以前に処方を断ったときの座間の激高ぶりが思い起こされ、千晶はひるんでしまう。面倒なことに時間を使いたくはない。結局、また処方してしまった。

「千晶先生、いつもすみませんねえ」

いま頃になって千晶は、最初に再処方した対応が大きな誤りだったことに気づいた。次こそ断固、座間の要求を拒絶しようと決意する。

3

十月の第二土曜日、一か月ぶりに実家へ戻った。万里はいつもより機嫌がいい。この頃、母がまたよく食べるようになったという。

診療所の処置室をのぞくと、父は農作業で足を切った男の傷を縫合中だった。

「よくもこれだけザックリとやってくれたなあ」

父は好きな「なごり雪」を聴きながら、どこか楽しそうに縫合針を動かしていた。外科医だった父は、もともとこういう仕事が好きなのだ。診療所を開いてからは手術をしなくなったが、その腕は健在だ。

同じ集落にハンターが何人もいて、農作物の被害を減らすために鹿を毎年、駆除していた。父はたまに鹿の解体にも加わった。手伝ったお礼に、いや、手伝わなくても、父の診療所にはときどき鹿肉が届けられた。鹿肉のカツは、豚や牛よりも歯ごたえがあったが、成長期の千晶や万里にはごちそうだった。

　父が、鹿の頭をもらったことがある。そのときのことは忘れられない。

　庭でにぎやかな声がした。小学六年生だった千晶は読んでいた本を置き、声の方に耳を澄ました。昼寝していた妹の万里も目を覚ます。

「行ってみよう」

　縁側でサンダルをつっかけて外に出る。と、父が村の男性たちと談笑していた。男のひとりは、鹿の頭を手に提げていた。

「ほら、立派な四叉の角だろう！」

　男はそう言って、自慢げに鹿の角を掲げてみせた。

　庭の隅に、石を積み上げただけの低い炉がある。その上にドラム缶を半分にしたような銀色の大鍋が載せられていた。水が張られ、鹿の頭が入れられる。鹿の頭を茹でるのだと分かった。銀色の鍋の上を、小さな黒いハエがひっきりなしに飛び交うのが見えた。

「火、入れるよ」

　村の男がきつく捻《ねじ》った新聞紙にライターで火をつけ、鍋の下に放り込む。やがて、鍋が低くうなり始めた。突き出た二本の角が小さく揺れ続ける。鍋の向こうには、縹色《はなだいろ》の秋空が広がり、柿が鮮やかに色を付けているのが見えた。

　翌朝、庭に立った父が、鹿の頭の皮や肉をきれいに掃除していた。そういう作業を上機嫌で行う父を千晶は何度となく目にした。

　数日経って薄黄色の頭蓋骨と角だけになった鹿頭は、床の間に飾られた。まだ小学二年生だった万里はそれを怖がり、近づかないばかりか、床の間のある部屋に入ろうとすらしなかった。しばらくして父は、その鹿頭を誰かにあげてしまった。万里が怖がりすぎたせいだろう。

　思えば万里は小さい頃から大人しくて怖がりだった。学校へ登校するときはいつも「お姉ちゃん、お姉ちゃん」と追いすがり、手をつなぎたがった。だから万里が高校を卒業すると進学もせずに診療所を手伝い、こんなにも力強く両親を支えてくれるようになるとは意外だった。

　父は仕事優先で、自分や家族のことは後回しだ。千晶が医学部受験を決めたときも、万里が「大学には行かない」と言い出したときも、何も言わなかった。

　忘れられないのは母の四十五歳の誕生日だ。久しぶりに町のレストランで食事した。携帯電話がまだ普及していない時代だったので、いつも父は行き先を看護師に伝えてから出かけていた。

その日も食事中にウエイターが「真野先生」と声をかけてきた。それだけで、父が帰るのだと千晶は悟った。思った通り診療所からの連絡で、けがをした患者がいるとのことだった。山に囲まれた地であるため、農作業や猟に伴う事故が多いのだ。

十一歳の千晶と七歳の万里は、静かに父を送り出した。ごく当たり前のことのように。それが幼い頃からの日常だった。

「お父さんの分は、私たちで山分けね」

母は、はしゃいだ声を出した。まだ子供だった千晶はそんな母を冷たいと感じたものだ。一番父にいてほしかったのは母だったはずなのに。

レストランから戻ると、父は患者の足を青い穴開き布で覆い、傷を縫っていた。いつものようにイルカの曲を聴きながら。母が「災難でしたね」と患者にほほ笑む。患者はイノシシの突進を直前で避け、切り傷を負ったらしい。

「目の前に向かってくるんだよ。怖いなんてもんじゃねぇ。でもふんばって、うんと引き付けて、間一髪でパッと飛びのいたんだ。はずみで滑って、こうなっちまったけどさ」

患者は、いかに自分が勇敢だったかという話を何度もした。

「きれいに縫えたよ」

父が患者の肩を叩く。その表情は、イノシシから逃げおおせた患者と同じくらい満足そうだった。

　自分のやりたいことには手間暇を惜しまない父だ。

　父のすることを母は何でも尊重した。けれど、一度だけ母がひどく怒ったことがあった。あれは、母が名古屋の実家に帰っていたときのことだ。父は娘二人を狩猟に連れて行った。万里が小学四年生、千晶は中学二年生だった。

　鹿やイノシシによる被害は止まず、いくら電気柵やトタンで覆っても、防げないのが現実だった。農作物が収穫前に全滅させられた畑もある。猟期は過ぎていたが、被害を減らすための「有害鳥獣駆除」が認められていた。

　もちろん父は銃を持っておらず、ハンターたちと一緒に行動させてもらっただけだ。

「これが獣道。同じ道は、ひとつもないんだよ」

　父は突然立ち止まり、左右を指し示してくれた。切り立った崖の上にある細い道は、何の柵もなく、整備されていなかった。父はザイルをリュックから取り出し、千晶と万里を自らの体に結びつけた。そして、ゆっくりゆっくりと山道を進んだ。

　何度か破裂音のような銃声が聞こえたが、それだけだった。

　その後、罠《わな》を掛けた場所へ向かう。ワイヤーを使った「くくり罠」だ。

「いないね」

「ああ」

「踏み抜かれた形跡もない」

何も掛かっていないばかりか、罠を踏んだ形跡もなかった。その後、村の大人たちは黒い塊を地面に見つけ、「新しい糞だ」と嬉しそうだった。

罠の狙いは、鹿とイノシシだ。だからイタチやキツネなどが掛かってしまわないように、鹿の体重でやっとワイヤーが弾けるように微調整する。それから罠を掛けた場所の土を戻し、慎重にカモフラージュする。ちょうど罠のある部分に足を乗せたくなるよう、小さな枝を組み合わせて細工するという。

父に言われ、なるべく周囲を人の足で踏み荒らさないように静かに見守った。

結局その日の猟では何も仕留められず、仕掛けた罠にも何も掛かっていなかった。けれど、千晶は不思議に満足だった。

翌日になって母が帰宅したとき、すでに母の表情は硬かった。さっそく誰かから子供たちが猟に参加したという話を聞いてしまったらしい。

「もし子供たちが動物と見間違えられたらどうするんですか！」

父は「心配しすぎだ」と言い、母は「何かあってからでは遅いんです」と主張した。夫婦喧嘩らしい喧嘩を見たのは、それだけだ。

山と里が近接する診療所で、生活も含めた密な関わりを患者たちと持つ。父は妻と娘二人とともに、そんな暮らしを三十四年間も送ってきた。父の言葉を借りて言えば、父は患者とともに治療という山を一緒に登ることを愛した。

千晶が思いをめぐらせているうちに、鎌で足を切った男性患者の縫合は終了した。

「きれいに縫えたよ」

懐かしい言葉が聞こえた。父は目を細め、アート作品を鑑賞するように縫合した傷を眺めている。父が常に患者のことを優先したのは、それが父自身のやりたいことでもあったからだ。

第五章　攻撃

1

座間は、三日にあげず千晶の診察室を訪れるようになった。

この日もくたくたの体を引きずり、夜遅くにマンションへ戻る。

熱いシャワーを浴びて、バスタオルを身にまとったときだった。陽子から千晶にＬＩＮＥが来た。ネット上で千晶が攻撃されているという。

陽子に教えられたＵＲＬをタップすると、リンク先に飛んだ。個人のブログのようだ。

ヘッダーには病院の手術室とおぼしき画像がはめ込まれ、太字で「正しい医療を願う」というタイトルが入っている。

医療問題をテーマに扱う専門家のサイトに見える。使用されている画像、タイトルやリード部分が、本格的な雰囲気を醸し出していた。

だがなんと、作成者の名前が座間敦司となっていた。最新の書き込みに目を通す。アップの日付は、二日前だ。

まずタイトルに驚かされた。

「そいつの名は、魔の千晶（続）」

画面をスクロールして千晶は、さらに衝撃を受けた。

「佐々井記念病院の医師・真野千晶は、必要な薬の処方を渋り、信用できない医者だ。変なルールにしばられて、患者に本当に必要な薬を出す度胸もないヘタレ医者だ。そいつの名は、魔の千晶――」

記事の中ほどに、千晶の顔写真もアップされている。薄ぼんやりとした半眼の画像だが、間違いなく自分の顔だ。いつの間に撮られたのか。

胸が苦しくなった。ストライクを続けざまに浴びているようだ。

過去の記事をさかのぼる。母親を介護する苦労についての書き込みが多いが、ところどころに佐々井記念病院についての記事があった。それらはすべて、病院を痛烈に批判する記述で埋め尽くされていた。

「佐々井記念病院の患者対応はサイテイ。患者をゴキブリだと思っているのか！」

「佐々井記念病院の待合室には寝袋を持っていく必要アリ。今日は二時間待たされた」

「佐々井記念病院にかかるなら、葬儀屋に予約を入れてから。入院したら、裏口からしか出られないと思え」

病院の裏口とは、遺体を運び出す搬出口の意味だろう。

千晶を特定した書き込みも、いくつもあった。

「医者に食事代を払わされた。そいつの名は、魔の千晶」と書かれている日もある。

「弱々しい、頼りなげな女性医師が入ってきた。そいつの名は、魔の千晶」という記事もあった。

それらのタイトルは、すべて「そいつの名は、魔の千晶」となっていた。

佐々井記念病院に対する記述は、悪質な言いがかりが多い。千晶への批判は人格攻撃の域に達している。

気持ちを静めて、母親の介護記録も読み進めてみる。全体を通して、「子が老いた親の介護をするのは当然」という主張だ。こんな書き込みもあった。

「要介護の親を野垂れ死にさせる悪魔には天罰を——。俺は断じて許さない」

もしかして、母を施設に預けて千晶が実家を離れているのを知られているのだろうか。

だから、こんなふうに座間は千晶を非難するのか。いやまさか——考えすぎだとは思いつつも気味が悪くなる。

湯を浴びたはずの千晶の体は、いつの間にか冷え切っていた。

2

ブログの存在が明らかになった翌日の午後だった。臨時に招集された患者様プライオリティー推進委員会で、千晶は吊るし上げられた。

「ですから何度もご説明した通り、断る時間もないくらいのスピードで患者に代金を払われてしまったんです」

「患者様――ですよ、真野先生」

高峰事務長の叱声を浴びた。名字の語頭に強勢を置く高峰の発音は、「魔の先生」と聞こえて不愉快だった。

千晶が事務局に「ピラフ代」として現金を届け出たのは、かれこれ一か月近くも前のことだ。あれですべてが解決したと思っていた。自分が批判されることはないと安心していた。なぜいまになってそれが？　千晶には納得がいかなかった。

「コトの問題点を整理してからと思っていたんですが、仕方ありませんね」

高峰は、脇にいる沼田に「君、あれを」と指示した。沼田は無言で立ち上がり、A４判の紙のつづりを出席者たちに配り始めた。ひと目で分かった。座間のブログをプリントアウトしたものだ。

ホール内にざわめきが走るのを予想したが、医師たちは皆無言のままだ。「こりゃ、ひでえ」という金田のつぶやきだけが聞こえた。

ブログの存在を教えてくれた陽子の姿はない。彼女は珍しく休んでいた。理由は分からない。陽子なら、こんなとき何と言うだろう。

「——その通り、ひどいものです。患者様をここまで追い込んでしまったのは、当院のハンドリング・ミスですよ。この患者様に関する限り、当院に対する顧客満足《CS》度は地に落ちています。責任の一端は、真野先生にあると言わざるを得ません」

「事務長は、こんな人のブログを信じるんですか？」

千晶は声を上げていた。喉が震えるのが分かった。

「またあなた、『こんな人』という言い方はないでしょ。君は、当院の目指そうとしているゴールが全く見えていないのか！」

高峰の言葉から敬称が消えた。非難は一層鋭さを増している。院長は眉間にしわを寄せ、目を固くつぶったままだ。

「あなたは、涼しい顔でカネを事務局に届けに来たらしいね。『患者に昼食代を払わせた』

というのがどういうことか分かってないんですか！　大変に恥ずべきことが公の事実になってしまったんですよ。ブログで拡散されている事態については、当院としても放置しておく訳にはいきません」

千晶は、再び当時の状況を詳しく説明させられた。

「ぼんやりと外を見ながら、食事をしていました。決して、患者さんへ目配せをしたつもりはありません。そもそもあの時点で患者さんはこの病院にかかっていなかったんです」

高峰が「かん・じゃ・さま」と口を動かすのが見えた。

言い直しをしながら、あまりにもバカバカしい誤解に涙がこぼれそうになる。

座間はこんな結果になると分かっていて代金を支払ったのか。こうなることを予想して千晶の外来を受けたのか。最初に声をかけてきたときから、千晶を狙っていたのか。

あの日、オアシスに入るのをやめればよかった——千晶は自分の直感を無視したことを激しく後悔した。

突然、院長が目を開き、腕時計を見た。それに気づいた事務長も自分の腕時計を確かめる。

「患者様のブログについては、事務局でプロジェクトチームを作って早急に対応を検討いたします。結論が出るまでの間、真野先生、座間敦司様とのコンタクトは、慎重なうえにも慎重にお願いいたします。本日は閉会いたします」

高峰が繰り返した「慎重に」という言葉が千晶の胸に残る。

佐々井記念病院は自分を守る気がないのだろうか？　目の前が大きく揺らぐ思いだった。

いつもなら真っ先に励ましてくれる陽子の不在も、孤独感に拍車をかけた。

「この世に味方なしって顔してるじゃないか」

金田が、にやついた顔で話しかけてきた。

「だが、これが現実なんだよ。そんなもんさ。病院は患者を救おうとしても、医者を助ける気はないんだ」

「それにしても――」

「陽子先生だって、内心そう思ってるって」

「え？」

「今日休んでるのは彼女、青森地裁だろ」

「何のことですか」

「知らないの？　医療訴訟を抱えてるんだよ。今日は口頭弁論の日だから、始発の『はやぶさ』に乗ったはずだ」

医療訴訟――。知らなかった。まさか陽子が裁判の当事者だったとは。評判のいい陽子が訴えられるなんて想像できない。

その晩は夜間当直の担当日だった。

比較的静かな夜だ。午後九時には、急な腹痛を訴える患者やインフルエンザの疑いの患者など数人の処置を終え、外来の診察室を離れて仮眠室へ向かう。

一階の自動販売機でジュースを買ったとき、若い女性とすれ違った。

「真野先生、お疲れさまです」

事務職員の美咲だった。「水たまり事件」のあと辞めてしまうかと思われたが、しっかりと働き続けている。

「頑張ってるのね」

遅くまで残業しているのをねぎらったつもりだった。だが、千晶の頭に事件のことがよぎったのを見抜いたのだろう。美咲は一瞬、顔をこわばらせた。けれど、すぐに屈託のない笑顔になる。

「えへへ、せいせいしましたよ」

美咲は舌を出し、肩をすくめた。

「人間、生きてればオシッコも出ますよね。どこでしたかの違いだけですよね、先生？」

美咲のふっ切った様子に励まされる。

「あれ以上、恥ずかしいことは何もありませんから。これからはどんな仕事でも恥をかいて頑張れます」

「立派ね。私も見習わなきゃ」

しなやかな若い心だ。心の強さは、年齢に関係ない。

美咲は千晶の手を握った。

「先生がいろいろ言われているのは聞いています。でも、私は信じています。負けないでくださいね」

千晶は急に現実に引き戻される。

「ありがとう、美咲ちゃん」

かすれた声で答える。嬉しい以上に、ピラフ代の件が病院中の噂になっている事実に恥ずかしさを感じる。美咲は、「生意気言ってすみません。お先に失礼します」と頭を下げた。

午前零時、ピッチが鳴った。外来に患者が来たという。仮眠室を出て、医局のロッカーにかけておいた白衣を羽織り、一階に下りる。

診察室に通されてきた女性患者は、苦悶の表情を浮かべていた。

「動悸がするんです」

七十代らしき女性は、千晶の前に手を差し出す。脈を取るが特に問題はない。看護師が後方から千晶にメモを回してきた。

〈近所でひとり暮らし。夜になると不安で来院する傾向あり〉

どうやら、時間がかかりそうな患者だ。本当の問題は動悸ではなく、別のところにあるのだろう。

千晶は患者に向き直って診察を続ける。皮膚の張りがなく、脱水ぎみだ。朝から食欲がなくほとんど食べていないと患者が言った。

結局いつものようにビタミン剤入りの点滴をする。処置用ベッドの上で、女性は安心した表情になった。

続く二十八歳の女性は、いかにも不機嫌そうだった。「熱があるんです。どうにかぁしてください」と言い張る。だが、看護師が示した検温データは三十六・八度と平熱だった。

「熱はないようですよ」

「あたしってえ、平熱が低い人なんです。普段は三十五度だから、これって絶対に熱があるってことなんですぅ」

「他に症状はあるんですか？　喉が痛いとか、腹痛とか……」

「別にぃ……」

「今日のところは様子を見ましょう。症状が出てきたら日中、内科を受診してください。詳しく調べますので」

女性は急に涙目になった。

「明日は大事な仕事があるんですよぉ。お客様の前でプレゼンするんです。だから、熱なんか出している場合じゃないんですってば」

病気ではない。いや、私にとっては発熱。処方は必要ないと思う。いや、薬をくれないと困る——そうした押し問答が続いて、ついに千晶はあきらめた。

処方箋を出す。そして、言い添えた。

「解熱剤は、体温が三十七・五度を超えたら飲んでください」

女性は処方箋を手に上機嫌で帰っていった。

プレゼン女性の診察を終えるのと同時に、別の患者が救急車で運ばれてきた。立派な背広姿の男性、五十三歳。酔っ払って雑居ビルの階段で転倒した患者だった。顔からわずかに血を流しており、友人に連れてこられた。意識がもうろうとしている。頭部打撲によるものかアルコールによるものかはっきりしない。

待合室を見ると、患者の友人はいつの間にか帰っていた。看護師に「電車がなくなるから」と言い残して駆け出していったという。

患者の酔いが醒めるまで放っておきたかったが、万が一、脳内に出血があれば問題だ。放置して手遅れになれば、医療訴訟にもなる。ひとまずCTで頭部を撮ろうとしたところ、患者が暴れ始めた。

「やめろー」

狭いトンネル状の検査装置に入るのを、何か別のことと勘違いしている様子だ。

「放せ！　何するんだっ」

酔った患者の声が、病院中に反響する。

「お静かに。大事な検査ですから」

「お前ら、俺にいったい何をする気だ！　どけっ、クソ女ども」

暴れ始めた患者が、検査室内にあったステンレスワゴンと脱衣カゴを薙ぎ倒した。看護師が悲鳴を上げる。CT本体にも蹴りを入れ始める。手に負える状態ではない。身の危険を感じた千晶は看護師とともに廊下へ逃れ出た。

「警備室に電話して！」

看護師がピッチでコールすると、すぐに蓮見が現れた。

「警備員さん、こっちです、こっち！」

白髪まじりのパンチパーマをかきながらやってくる蓮見に看護師が駆け寄る。千晶は蓮見と検査室に入り、状況を説明した。患者はなおも暴れ続けている。

「ひどい暴れっぷりですな。でもこれは警察に通報するような案件ではない……」

蓮見は室内を一瞥して言った。

「ただ、このままじゃ先生たちもお困りでしょうなあ」

蓮見の顔に少し弱った表情が浮かぶのが見えた。その直後だ。蓮見は暴れる患者に歩み寄り、あっという間に手首を取った。患者は「イテテテ」と体をよじるようにして床に崩れ落ちた。

「それ以上わめくと警察を呼ぶぞ」

蓮見が患者の耳元でささやく。普段の姿からは想像もつかないようなドスの利いた声だ。患者は急に大人しくなった。

「さあ患者様、お体のために検査を受けてください。私もお手伝いさせていただきますから」

手を放した蓮見は、いつものていねいな言い回しに戻った。その後は、自らの体を盾にするようにして千晶と看護師を守りつつ患者の上着を脱がせ、検査台に固定するのを手伝った。

CT検査の結果、異常はなかった。点滴によって急速に酔いが醒めた患者に、千晶が問題なかったと告げる。

「悪い所がなかったのなら、金は払わないぞ。だいたい、そっちが勝手にやったんだ。俺が救急車を呼んだんじゃないし、検査を頼んだ覚えもない！」

患者はそう言い捨て、看護師の制止も聞かずに出て行った。

深夜に来院して騒ぎを起こし、CT検査や治療代を未払いのまま姿を消す――。

暗い廊下に立ちすくみ、ため息が出る。またもや顚末書を書かなければならない事態に、徒労感が募る。

そのとき、後ろから肩を叩かれた。振り向くと、蓮見が無言で何かを差し出す。黒いカバーを付けたスマートフォンだった。

「いまの患者様の忘れ物です。これを預かってれば、必ずまたやってきますよ。平身低頭、昨夜は酔っ払ってすみませんでしたって……」

CT撮影の際に患者の上着のポケットから落ちそうになったので、「保管」したのだという。

肩の力が抜け、千晶は笑いがこみ上げてきた。蓮見も笑っている。

「蓮見さん、ありがとうございました」

「なんのなんの……」

蓮見は、手をヒラヒラさせた。

「それに……。ここで私を名前で呼んでくれるのは真野先生くらいですよ。いつもありがとうございます」

そう言って蓮見は頭を下げ、警備室へゆったりとした足取りで去った。

深夜を通して来院者が相次ぎ、未明に診療が終わった。千晶が仮眠室に向かうため、電気の消えた廊下を歩いているときだ。白いペン状のものが、横から目の前に突き出された。

随分前に失くした愛用のペンライトだ。

「捜していたんです。ありが……」

また蓮見かと思って顔を見る。が、なんと座間だった。悲鳴を呑み込み、脇へ飛びのいた。

「なぜ……？」

声が震える。

どうして座間がペンライトを持っているのか。そもそも、なぜこんな時間に病院にいるのか。ウォーキングの時間帯だってとっくに過ぎているだろうに。

オールバックの顔が近づいてくる。

「な、何なんですか……」

「何だよ、その言い方は？　拾ってあげたんですよ」

座間は、不愉快そうな声を出した。

「すみません」

いつ、どこで拾ったというのか。千晶は、混乱したまま謝る。ひどく疲れており、相手をする気になれない。差し出された物を受け取り、もう一度頭を下げた。その瞬間、吐き気を催す。ペンライトはベタつき、陰毛らしきものが張り付いていた。

それ以上、何も言わずに通り過ぎようとすると、座間は行く手を阻むように立ちはだかった。

「帰っちゃダメだよ、千晶先生。僕、これから受診するんですから」

座間は、受診というところを大きく言った。

「こんな時間に？　どうされたんですか？」

千晶は反射的に尋ねていた。どの患者にも尋ねる決まり文句だが、不審の思いがにじんでしまった。座間の頬がピクリと動く。

「診察室で話しますよ」

午前三時を回ったところだ。朝までの時間帯、佐々井記念病院で外来を担当する医師は千晶ひとりしかいない。逃げることはできなかった。

座間は、千晶の診療にクレームをつけ、ブログで非難の限りを尽くしている。それなのに目の前に立つ座間は、今日も千晶の診療を受けるという。

これ以上、関わりを持ちたくない。それが千晶の偽らざる心境だった。

「座間さん、急を要す病状でないのでしたら、朝には通常の診察が始まりますから、そこで受診されてはいかがでしょう。その方が詳しい検査もできますし」

座間は目を細め、千晶を見据えた。

「千晶先生はご存じないんですか？　医者には全員、応召義務があるんですよ」

もちろん知っている。応召義務——医師法第十九条第一項の定めだ。

〈診療に従事する医師は、診察治療の求があつた場合には、正当な事由がなければ、これを拒んではならない〉

世の中の「契約」のほとんどは、双方の合意のもとで結ばれる。ところが医師法は、医師の側に契約締結を義務づけ、強制している。医師は法律上、希望する人すべてにサービスを提供するバスや鉄道、電力会社などと同等に扱われている。「正当な事由」は、医師の不在や病気で診療が不可能な場合に限られ、患者の求めがあるにもかかわらず診療を拒絶するのは法律違反だ。そう断じた旧厚生省の通達もある。

「分かりました」

千晶は座間とともに診察室へ戻った。だが、座間のカルテがない。

「座間さん、事務局でカルテを出してもらってください」

「もう頼みましたよ」

座間は、「なんだ、まだ届いていないのか」とつぶやく。

「看護師さん、新患さんのカルテをお願いしまーす」

看護師を呼ぶが、返事はなかった。座間は診察室の丸椅子に座ると、デジカメを取り出した。何度かボタンを押すと、ピピッと特徴的な操作音がした。千晶の方へレンズを向ける。

「千晶先生。これまで僕にどんな治療をしてきたのか、どんな根拠で薬を出して、その薬にどんな副作用があるのか、全部、説明してくださいよ」

座間はデジカメを構えたままだ。

「院内での録音や撮影はやめてください」

千晶は、カメラをさえぎるように手を前に出した。

「撮影がダメって、やましいことがあるんですか？　僕は自分の体のことについて、ちゃんと知りたいだけなんですよ。映像に残して、正しく理解したいって思うのは当然のことでしょ？　なんでダメなんですか？」

まくし立てる座間のつばが泡となって飛んできた。

千晶は「ルールですから」と言い、「院内での撮影、録画、録音はお断りします」という壁の張り紙を指す。

そのとき、看護師の声がした。

「遅くなってすみません。トイレで緊急呼び出しボタンが押されていたので、見に行っていたんです」

看護師は、少し興奮した様子で息を切らしていた。事務職員も一緒だ。この日の事務当直は、沼田だった。

「先生、どう思います？　男性トイレで、個室全部の緊急ボタンが押されていたんですよ。ひとつは内側から鍵がかかっていて、床には大量の水があふれ出して……。沼田主任に開けてもらいましたが、中には誰もいなかったんです。迷惑ないたずらですよね」

ふと気づくと、診察室にいたはずの座間の姿が消えている。沼田も、座間のカルテは頼まれていないという。

トイレの騒動は座間のやったことなのか？

千晶はそう疑ったものの、それ以上、何も言わなかった。口を開けば、何か別の不快な出来事が起きるような気がした。

千晶は早足で医局に戻り、出入口の鍵をかけた。医局の奥は仮眠室につながっている。座間に入られないようにするためだ。あのペンライトは、この部屋か診察室で座間に盗まれたとしか思えない。

ひとまず自分の机の椅子に腰かけた。机に置かれた患者対応マニュアルの背表紙が目に入る。

写真や動画を撮影された場合の対応については何と書かれていただろうか？
気にはなったものの、重いマニュアルを取り出す気にはなれなかった。頭上から掛け時計の音がする。午前三時半だ。もう寝なければ。時計の下に貼られたポスターを眺める。

〈――患者様が来てくださるから、私たちは医療をさせていただけるのです。患者様が治療費をお支払いくださるから、私たちにも収入があるのです。そう思えば、患者様への言葉遣いも違ってきませんか？〉

目の前が暗くなる。寝不足で自律神経が乱れて血圧が下がっているに違いない。

机に突っ伏した。ベッドで横になった方がいいに決まっている。だが、椅子から立ち上がるエネルギーすらない。

仕方がない。こうして伏せているうちに、頭に血流が戻り、立ち上がれるようになるだろう。

三十分ほど経った。何かの物音で目が覚める。

――コッコッ、コッコッ。

ノックの音だ。誰かが来たのだろうか。千晶は全身がぞくりとした。

――コッコッ、コッコッ。

よく耳を澄ますと、音は、仮眠室の方からだった。

急速に頭が冷える。息をひそめた。病院の外を車が何台か走り去る音がする。

窓ガラスが立てる振動音。街灯に照らされた外の木々がしなっている。なんだ、風の音だったのか――。

「千晶先生……」

かすれた声が聞こえ、自分のものとは思えないほど大きな悲鳴が出た。

その後はどうやって医局から出たのか、どこを走ったのか、記憶にない。無我夢中で警備室へ飛び込んだ。

院内を巡回中だった蓮見が走ってくる。千晶は蓮見の腕にすがりついた。

「真野先生、どうしたんですか？」

「あうっ、うっ」

答えることができない。自分でも抑えられないほど全身が小刻みに震えて止まらなかった。

「先生は警備室《ここ》にいてください」

蓮見は、医局と仮眠室を見に行った。

警備室にある防犯カメラのモニターを見ていた千晶は、受付の格子窓が小さな音を立てたのに気づいた。目を凝らすと、すりガラスの隙間から、誰かがこちらをうかがっている。

千晶は息を呑み、その場に座り込んだ。

しばらくして蓮見が戻ってきた。

「特に異常はありませんでした」

すでに窓越しの人影は消えている。

千晶は医局に戻る気になれなかった。警備室の隣に応接室があり、そのソファーで夜が明けるのを待つことにした。

「真野先生、大丈夫ですか？」

「はい、すみません」

蓮見がホットミルクと毛布を差し入れてくれた。

「お医者様も大変ですね」

蓮見は、そばの椅子に腰かけた。

「実は、ひとりの患者さんとトラブルになっているんです」

無理な処方を要求されたり、ネット上にひどい書き込みをされていることを話した。

「食事代を払われちゃって、病院でとんでもない問題に……。私って、脇が甘いんでしょうね」

千晶は情けない気持ちになって笑う。

「そんなふうに自分を責めてはいけませんよ。相手が悪かった。先生が間違ったことをした訳じゃない」

蓮見は顔をしかめる。

「毅然としていればいいんです。相手と同じレベルになる必要はありません。先生はほかの患者さんを守るという大切な仕事に集中してください。真野先生のことは、私が守りますから」

いつの間にか千晶は泣いていた。蓮見は「少しだけでもゆっくり眠ってください」と言うと、警備室に戻って行った。

結局、千晶は一睡もできなかった。ただ、蓮見に話を聞いてもらい、心が少し軽くなっていた。

朝、同僚の医師たちが出勤する時間になってから千晶は医局に戻る。

医局は普段と何も変わらなかった。仮眠室の内部を確かめる。そこも荒らされた形跡はない。自分の席に着き、ぼんやりとした頭で机の物を検めた。やはり異常はない。

あのとき聞こえた「千晶先生」という声は、確かに座間のかすれ声だった。けれど改めて思い出そうとすると、空耳だったような気もしてくる。

引き出しから私物を取り出した。真野千晶と宛名の書かれた郵便物や書類をすべてシュレッダーにかける。リップクリームや髪留め、ハンドクリーム、歯ブラシなど、個人的な持ち物もゴミ箱に捨てた。ここが真野千晶の席であると分かる痕跡を消し去りたかった。二度と座間に狙われないように。

3

午前外来と病棟診療をこなした後、午後から患者様プライオリティー推進委員会に出席した。日を置かずに開催というのは異例のことだ。

今日の委員会は、いつもの雰囲気とは違っていた。ホールは長机がコの字形に並べられ、途切れた部分には、椅子が一脚だけ置かれていた。まるで裁判所の被告人席のようだ。

その席に座らされたのは、瀬戸翔太《せとしょうた》という名の介護職員だった。

「本日の委員会は、ケーススタディーを中心に進めていきたいと思います」

高峰事務長が持って回った言い方で開会を告げた。

瀬戸が呼ばれた理由は、一週間前に認知症の入院患者に暴言を吐いたからだという。

沼田主任が資料を配布する。表題には「介護職員による患者様に対する虐待事案（言語的）について」とあった。左上に仰々しく「院外秘」と朱印が押されている。

「介護部主務職員・瀬戸翔太、二十六歳。港西学院大学経済学部を卒業し、新卒採用で三年前に入職。間違いないね？」

「はい」

「なぜ患者様に暴言を？」

——銀行屋が検察官になったつもりかよ。隣席の金田が小声でつぶやいた。

「分かりません」

ひとこと返しただけで、瀬戸はうつむいた。普段は一生懸命働いている優しい青年だ。それは千晶も知っている。

患者は西園寺光隆《みつたか》という八十二歳の男性だった。資産家で、ときどき高級車に乗った夫人がお手伝いさんと一緒に見舞いに来ると説明された。

一か月半ほど前の早朝、病棟を脱け出してタクシーで帰ろうとしたのを千晶が見つけた認知症患者だ。

「ではここで、証拠となる映像を上映します」と事務長が宣言した。

院内の防犯カメラの映像が流された。個々の病室にカメラはないが、患者たちの療養生活を支えるデイルームや談話ロビーなどの共用スペースには、集音マイク付きの防犯カメラが設置されている。

スクリーンには、四階病棟のデイルームで多くの患者がテーブルを囲んで食事をしている光景が映し出された。この病棟には認知症患者が多い。介護者が多くの患者を見守るためにも合理的な介助の方法だった。

映像の中央下に西園寺の姿がとらえられている。突然、その西園寺が叫んだ。

「帰る！」

瀬戸は、向かいに座る患者の口にスプーンで食事を運んでいる最中だった。

「少々、お待ちください」

西園寺がエプロンを引っ張りながら叫ぶ。

「さっさとしろ！　こんなの取れ！」

「西園寺様、お食事がお済みでないですね。召し上がってからにしませんか？」

他の患者の食事介助を続けながら、瀬戸は西園寺にほほ笑みかけた。

そのときだ。食事の介助を受けていた女性患者が、瀬戸の差し出したスプーンを手で振り払った。それを拾い上げ、瀬戸は新しいスプーンを食器棚から持ってくる。

「おいっ、いつまで待たせるんだ！　こんなまずいもん食えるかっ」

西園寺の声に瀬戸から表情が消えた。一瞬のことだったが、それが千晶にもはっきり感じられた。

「ここでいったん、止めますね」

事務長の声と同時に、ＤＶＤプレーヤーの一時停止ボタンが押された。

「瀬戸君はここで、西園寺様に対して、どんな気持ちになったんでしょう？」

瀬戸は、視線を泳がせた。

「別に……。西園寺さんに何かかっていうより、調理師さんが気の毒だなって。っていうか、ここの食事は肉も魚もあって、結構うまいんすよ。いや僕、出ているのを食ったりしないっすよ。食事介助の研修で食べたことがあったんすよ。うまかったっすよ。老人用にとろけるような柔らかい肉とか、フワフワしたエビの味の、あれって、ムースっていうんですか？吉野家の牛丼の肉もうまいっすけど、その数倍。同じ肉なのに、全然違うもんなんすね……」

「質問には、簡潔に答えなさい」

高峰事務長がしびれを切らしたように言う。

「はあ……だから、西園寺さんは、どの料理の何がまずいって思っているんだろうって不思議で、ただ驚いただけなんす」

「質問していいですか？」

看護師の挙手があり、事務長がうなずく。

「女性患者に、スプーンを振り払われたときの気持ちは？」

「あんなの、日常茶飯事っす。味噌汁のお椀を投げつけたり、嚙みついてきたりする人もいますから、スプーンを払われることなんて、別に何とも」

瀬戸は淡々と答えた。

続きの映像が流される。スクリーンの中で、瀬戸は笑顔を取り戻し、向かい側の女性患者の介助を行っていた。

「この、ぐずっ」

西園寺の言葉が聞こえているはずだが、瀬戸は何も答えない。

「聞こえんのか。俺は帰るんだ！」

西園寺が立ち上がった。食事にはほとんど手をつけていない。

「まだお部屋の掃除が終わってませんから」

瀬戸にうまく誘導され、西園寺は再び席に座る。

「早く帰らせろっ」

「お食事が残っています。ほら、食べましょ」

瀬戸が器を持ち上げた。

「余計なことすんなっ。それは俺のメシだ！」

ほんの一拍置いて、瀬戸が口を開いた。

「食わないくせに……」

そこでビデオが止められた。

「……瀬戸君、何か言いたいことはありますか？」

瀬戸の席の周りを歩きながら、高峰事務長がゆっくりと尋ねる。金田の言うように、法廷ドラマを意識しているとしか思えない。

「食わないくせに、は言い過ぎでした。すんません」

うなだれる瀬戸が痛々しかった。普段は一生懸命働いているのに、こんなふうに追い詰められるのか。

「そうですね。君は、プロ意識が欠落していますね。介護の仕事は、感情労働でもあるんです。患者様はご病気なのです。患者様の心を理解して、暴言に耐えるのも仕事のうちなんですよ」

高峰が右手を上げると、映像が改めて動き始めた。スクリーン上で、西園寺は、顔を真っ赤にしていた。

「タクシー呼べ！」

「申し訳ございません。いま電話が故障中なんです」

瀬戸が答えている。おそらく嘘だろうが、認知症患者の気持ちを静めるためには、ときに有効な方法だ。瀬戸は大げさに頭を下げ、演技をしていた。

「使えねえ男だなっ」

瀬戸は黙ってそれを聞きつつ、食事を終えた女性患者のエプロンを外した。

「お前はそんなんだから、ダメなんだ。役立たず！」

西園寺の悪態が延々と続いているが、声がくぐもってよく聞こえない。

突然、テーブルを拭いていた手が止まる。顔を上げた瀬戸の目が充血していた。

「あんたに帰るところなんか、ねえんだよっ！」

「何いっ！」

「家族は、あんたに帰ってもらったら迷惑なんだよっ」

西園寺は再び立ち上がり、こぶしを振り上げる。

そこで映像が止められた。

「瀬戸君、どうしてこんな言い方をしたんですか？　役立たずと言われて、頭の中が白くなっちゃったのかな？」

高峰が「ん？」と語尾を上げて詰め寄る。

瀬戸はしばらく黙っていたが、やがて口を開いた。

「自分が何のために仕事をしているのか、分からなくなっちゃって……。それに、西園寺さんがかわいそうで……」

「というと？」

「西園寺さんの家は白金台にあって、車を何台も持っていて、きっと高級な料理を食べていた人なんでしょう？　そんな生活、僕には想像もつきませんけど。でも、そこに帰れないから病院にいるのに。いい加減、目を覚まさないとダメじゃないすか。認知症だから、それも無理なのかもしれないけど、まだ分かるかもしれないし。僕、それがホントやりきれなくて。自分の立場もわきまえずに……すみませんでした」

瀬戸は下を向き、肩を震わせた。ホールは静かになった。質問も出ない。

「それでは、本件をめぐる瀬戸主務職員に対する懲戒処分ですが――」

沼田が用意した文書を読み上げる。

「今回のようなケースで佐々井記念病院の従業員規則は、所属長の判断による訓戒または減給を規定して……」

「もういい。そこまで従業員を追い詰めてどうするんだ」

それまで黙っていた佐々井院長が、静かな声で沼田を制した。

「は？　私はただ事務長の指示で介護職員のクオリティを上げたいと……」

沼田はたじろいだ様子で口をつぐむ。普段とは違う院長の態度に、高峰は少しおもねるような声を出した。

「そうですよ、院長。他に示しがつきませんから……」

「いいんだ。それはまた別の場で検討する。もう時間だ。以上」

院長のひと声で、そのまま閉会となった。

会が終わってからも、しばらく瀬戸は席を立てない様子だった。

「お疲れさま」

千晶は、瀬戸の肩を叩いた。瀬戸がびくりとして顔を上げた。

「あ、真野先生」

「大丈夫？」

千晶は瀬戸を見つめる。だが彼は目を逸らした。

「正直、もう僕なんかダメです」

「瀬戸君……そんなことない、そんなこと、絶対にないよ」

「あのとき、西園寺さんは僕にこうも言ったんです。『お前、まともな就職できなかったんだろ？』『お前はダメなヤツだ。だから、こんな仕事しかないんだ』って。確かに僕、就活失敗して、商社もメーカーも軒並み落ちて。介護の仕事に就くなんて、最初は考えてもいなかった……」

届かなかった音声の中に、若い介護職員の心を傷つける言葉が刻まれていたのだ。

「先生は何のために仕事してるんですか。こんなに忙しい思いをして、ボロクソに言われて……」

千晶はどう言葉をかけていいか分からなかった。陽子ならどう励ますだろう——そう思ったとき、瀬戸はすっくと立ち上がった。

「僕、この仕事に向いてません。病院を辞めます」

ホールを出て行く瀬戸を、千晶は呆然としたまま目で追う。彼の「ボロクソに」という激しい言葉が耳の奥に残った。

改めて座間に昼食代を払ってもらった件が気になった。座間はどんな様子で返金を受け取ったのだろう。千晶は事務局に立ち寄ることにした。

千晶の顔を見ると、事務局の担当者は気まずそうに目を伏せた。やはり患者様プライオリティー推進委員会で千晶が批判されたのは全職員に知られているようだ。

「あの、座間さんは何か言ってましたか？」

「はあ、あの……実はまだなんです」

例の四百五十円は、来院時に手渡しで返そうと事務局で保管されたままになっていた。

「ご都合の良い折に事務局へお立ち寄りください」というメモを渡したものの、座間が応じていないという。

「早急に対応してくださいよ。意味がなくなるじゃないですか。料金は私が払いますから、現金書留で返してください。とにかく早くお願いします」

担当者は白けたような顔で千晶を見た。おそらく「ごちそうされたあんたが悪いくせに」とでも思っているに違いない。

「先生のお考えで現金書留にしろと言われても、それは私たちの業務外のことで。それに、事務長の許可がないと勝手なことは……」

担当者は困惑したように眉をひそめ、動こうとしない。

「いまから私が高峰さんにお願いして、許可をいただけばいいですか？」

奥の席から「まるでクレーマーね」という声が聞こえた。千晶は足元が崩れるような思いがする。

「事務長は外出されました。今日はもう、帰院されません」

肝心なときにいなかった。いずれにしても、これ以上食い下がれば本当にクレーマー職員の烙印《らくいん》を押されかねない。

「では明日、お手数ですがよろしくお願いします」

千晶は事務局のカウンターでひたすら頭を下げるしかなかった。

結局、その日の勤務が終わったのは、午後九時過ぎだった。前日の日勤、当直、さらに通常の日勤に残業が加わった。この一週間の睡眠時間は考えたくもない。一刻も早く帰り、とにかく眠りたかった。

千晶は病院の外に出て、人気《ひとけ》のない駐車場のそばを通り抜けようとした。そこに誰かが立っている。スウェットの上下で、首からタオルを下げていた。

座間だ。

千晶は悲鳴を上げそうになった。システマの呼吸法で冷静になろうと努め、ぎりぎりのところでこらえる。

座間は、未明の一件などまるで忘れたかのように、にこやかに手を振っていた。

「こんばんはー」

さわやかな声を出し、千晶の方へ近づいてくる。座間のにやけた顔に、冷や汗が出た。完全に頭がおかしい。恐ろしかった。だが毅然と対応しなければ、と自らを奮い立たせる。

「千晶先生、今度、母を連れて診察に来ますよ。眠れなくて困ってるんです」

やはり母親にも睡眠薬を飲ませていたに違いない。

最初から母親を受診させればよかったのに。そうすれば、睡眠薬を失くしたなんて嘘をつかなくてもよかったのだ。

「お待ちしています」

千晶は精一杯の演技でうなずいた。まともに相手にしても、結局は怒らせるだけだ。

「千晶先生、母をよろしくお願いしますね」

座間も満面に笑みを浮かべている。いまなら、昼食代を返せると思った。ブログの内容修正や誹謗中傷の中止も、聞き入れてくれるかもしれない。

千晶は、慎重に言葉を選んだ。まずは、小さい事柄の方を先に示すことにした。

「座間さん、先日は昼食のときに払ってくださって、ありがとうございました」

千晶は財布から五百円硬貨を出した。

「病院の決まりでお返ししなければいけなくて。本当に大変遅くなりましたが……」

座間に硬貨を渡した直後、千晶は自分の身に起きたことを理解できなかった。

気がつくと、千晶は地面に頬をつけて横たわっていた。目の前に座間の靴がある。下になった右半身が激しく痛んだ。足を払われて道路に転倒したのを自覚する。

「バカにするな！　人の好意を無にするのか！」

座間が、千晶の渡した五百円玉を投げつけた。額に鋭い痛みが走る。千晶の目の前を硬貨が飛び跳ねるように転がっていくのが見えた。

ナイフワークも、ヒグマからの退避法も、システマの真髄である呼吸法すらも繰り出す余裕がなかった。

「座間さん、どうして?」

恐怖に続いて、強い疑問がせり上がってきた。

「……どうして私ばかりを」

暴力の主は、蔑んだ目で千晶を見下ろしている。

「私が母を介護していないからですか?」

そんなことを聞いて何になるだろう。だが、千晶は思わずそう尋ねていた。

「子供が親をみるのは、当然だろ!」

座間は、ものすごい形相で千晶をにらんだ。やはりそういうことか——千晶は、身も心も打ちのめされたように感じる。

大声を聞きつけたのか、若い警備員が来た。

助かった——と思ったのは一瞬だった。座間は警備員の肩を軽く叩き、諭すように話しかけた。

「病院には関係ない個人的な金銭トラブルですよ。こんなことを警察に通報すると、何かと面倒になりますよ。新入りの警備員さん、院長に叱られないように、ここは内沙汰《うちざた》にしておきなさい」

内沙汰という言葉を初めて聞いた。「研修中」のバッジを付けた警備員は、催眠術にでもかかったかのように従い、座間が帰るのをぼんやりと見送った。

「せ、先生でしたか」

千晶を助け起こしたところで警備員は、倒れていたのが病院の医師だったことに気づき、「すみません。今日、初めてのひとり夜勤なんです。で、とにかく面倒は困るんです。どうかよろしくお願いします」と言った。

マンションに着く頃になって、肘や膝がじんわりと痛み出した。見ると、いくつものアザができていた。

第六章　崩壊

1

　外来診察をしながらも、千晶は気が気ではなかった。看護師から次の患者のカルテを受け取り、名前を確認するたびに座間ではないかと思う。

　ロシアン・ルーレットをしているような気分だった。残間とか、浅間とか、座間に近い文字を見ると、そのたびに変な汗が出る。こうなったら、例の分類のLでもLLでも構わない。座間でさえなければ、という気分だった。

　診察室から患者が出て行く瞬間も恐怖だ。ドアが開いたとき、待合室がチラリと見える。待っている患者の中に座間に似た男性の姿があると動悸がした。手が震え、カルテの文字が乱れる。

　座間が指摘したように、医師には応召義務がある。「着信拒否」のように特定の患者を拒否する権利はなかった。

気もそぞろになっていた。何度も同じことを患者に尋ねてしまう。

「先生、相当お疲れですね」

看護師が心配そうな顔で千晶を見る。

一時間オーバーではあったが、どうにか午前外来の診察が終わった。他のブースでは、すべての医師が診察をすでに終了していたが、陽子だけは残ってカルテの整理をしていた。

「お疲れさまです。お昼いかがですか？」

千晶は陽子に声をかける。

「この書類、もうちょっとで片付くから。先に行ってて」

陽子は書類から目も上げずに返事した。

「大変そうですね。じゃ、お先します」

ひとりで診察室を出る。待合室の長椅子に浅く腰かける男性の背中には、見覚えのある黒いリュックがあった。

座間だ。ぎくりとして、千晶は診察室に引き返す。呼吸が乱れていた。異変を感じた陽子が、「どうしたの？」と案じてくれる。

「会いたくない患者がいて……」

千晶は、人差し指を口元に当てた。

「ざ・ま?」

陽子が、口の形だけで千晶に尋ねる。

千晶がうなずくと、陽子はエコバッグを貸してくれた。白衣を脱いで私服になれば、患者を装えるという機転だった。

千晶は今日、紺色のワンピースを着ている。一瞬だけなら、待合室の注意を逸らせそうだった。白衣をバッグに入れ、千晶はそっと外をうかがった。

先ほどの位置に、座間の姿はない。ほっとして診察室の外に一歩踏み出した瞬間、脇に男が立っていた。

「真野先生」

千晶は思わず悲鳴を上げた。陽子が診察室から出てきて、盾になるよう千晶の前に立ちはだかる。陽子の背後からおそるおそる患者をうかがった。

なんと、男は別人だった。座間には似ているが、全く違う患者だ。

「あの、僕、引っ越すので、紹介状が欲しくて……」

不整脈の治療で通っている患者だった。

「すみません、すみません。書いておきます。今日中に書いておきますから」

千晶の声は、おかしなくらい震えていた。

結局、陽子の仕事が終わるのを待って一緒に診察室を出る。この日、院内食堂のオアシスは午後から厨房設備の定期点検があるため、営業時間を短縮していた。千晶と陽子が駆け込むと、二人の注文がラストオーダーとなった。もう他の客が入ってくることはない。もちろん座間も。

千晶がオアシスに来るのは、あの日以来だ。

この週末は、珍しく二人ともに完全オフのシフトになっている。穏やかな金曜日の昼下がりだった。

「さっきはありがとうございました。私、そそっかしくて」

陽子は千晶をじっと見つめた。

「千晶先生も追い詰められているのね。かわいそうに」

「そうかもしれません。あの、この間、当直だったんですけれど、座間さんが……」

陽子が首を左右に振り、「いまは忘れましょう」とほほ笑んだ。

「楽しめる時間を無駄にしないで」

そうだった。詳しくは聞かされていないけれど陽子も医療訴訟で大変なのだろう。千晶は、座間のことはもちろん、いわゆるL患者とのやり取りや患者様プライオリティーに対する戸惑い、父の診療所や母の相談もしたかった。けれど陽子の言う通り、せっかくの時間だ。嫌な話題を持ち出すのはやめよう。千晶は「そうですね」とうなずく。

カレーライスを食べていた手を休め、陽子は「二子玉川《にこたま》なんだけど」と、自宅近くにある一ツ星レストランの話を始めた。

「特にトリュフご飯が最高なのよ。もう一度食べたいなあ。千晶先生、今度一緒に行こうね」

陽子の話は、昔観た映画やドラマのワンシーン、学生時代によく聴いた音楽、それから故郷の思い出へと続いた。

「函館は、北海道の南国って言われてるのよ」

「南国ですか……」

「毎朝、『イガイガ～』って、イカ売りのおばちゃんが売りに来てたなあ」

懐かしそうな表情で、「イガイガ～」を繰り返す。

「夏になるとイカ釣り舟の灯りが沖合いにたくさん見えてね。幻想的なのよ」

初恋の人とのデートには函館山へ行ったという。

「ふふ、それが定番なの。五島軒でカレーを食べて、赤レンガ倉庫で赤いガラスのペンダントを買ったっけ。ねえ、知ってる？　ガラスの中では、赤が一番高いって……」

陽子は何度も声を上げて笑った。

「あそこ見て、ほらきれい」

「ほんと、素敵ですね」

晩秋の頼りない陽差しが窓辺に注ぎ、グラスの水滴を虹色に浮かび上がらせていた。千晶と陽子は互いに顔を見合わせ、ほほ笑む。ほんの三十分ほどだったが、千晶は陽子との静けさに満ちた時間を楽しんだ。

そこへベートーベンの「歓喜の歌」が小さく響いた。陽子のスマートフォンから流れる着信音だった。

「ごめんね」

陽子が電話に出た。相手を「江頭《えがしら》先生」と呼んでいる。千晶の知らない人だ。

先方の話に相づちを打ちながら、陽子が、「原告側」「口頭弁論」「和解工作」といった言葉を口にした。陽子が被告になっている医療訴訟の担当弁護士からの電話に違いない。

話は長く、なかなか終わらなかった。数分経ったとき、陽子の顔色が赤く上気するのが見えた。

「――カバーされないって……」

声が震えている。

通話を切り上げた陽子は、すぐに別の相手に電話をかけた。

しばらく話してから電話を終えた陽子は、憔悴《しょうすい》しきった様子で何も語らない。軽々しく尋ねることなどできない雰囲気だった。

そして、それは千晶にとって激しい後悔の念が残る午後となった。

2

月曜日の朝は、軽い頭痛がした。病院へ続く坂道が苦しく、一気には上り切れない。街を見下ろす気持ちにもなれず、駐車場の方角にある人影をいちいち気にしながら、早足で病院の門を通り抜けた。遅刻ぎりぎりだ。裏階段を上るのもきつかった。人目は気になるものの、エレベーターで二階の医局へ上がる。

いつもは早い陽子が、まだ来ていなかった。

あわただしい午前外来が終わったところで高峰事務長に呼び出された。陽子の自宅を訪ねるので同行してほしいと言う。

朝から自宅の電話や携帯を鳴らしても応答がない。陽子がこの病院に来て四年になるが、無断欠勤など一度もなかったと説明された。

事務局はすでに夫の携帯電話にも連絡を入れていた。アメリカに長期出張中の夫も、昨日から陽子と連絡が取れずに心配しているという。

午後三時過ぎ、事務局の若手職員、鈴木が運転する車で陽子のマンションに向かった。

病院から府中街道、国道二四六号線を北上し、多摩川を渡るとそこは東京・世田谷区だ。

さっきから千晶も何度も陽子のスマホに連絡していた。メールもＬＩＮＥも電話も反応がない。陽子の身に良くないことがあったのか。まさか、そんな……。

二子玉川駅の反対方向へ折れた。川べりの公園に面した中層マンションが見えてくる。陽子の住まいだ。

マンションの管理人室には、夫の意を受けた病院からの電話が入っていた。管理人の立ち会いのもとドアが開けられる。玄関には陽子の靴が三足、置かれていた。

「おじゃましまーす」

不安を払うように、あえて明るい声を出した。

廊下の先にあるリビング・ダイニングに入る。整然とした部屋の中央に、世界各国の子供たちの写真が並ぶカレンダーが貼られていた。千晶の目は、その大判のカレンダーに引きつけられる。日付の脇には、「当直」や「日勤」といった書き込みがあった。几帳面な陽子の性格がよく表れている。

書き込まれた中に、小さな違和感を伴う文字が千晶の目に飛び込んできた。

——え？

何に引っかかったのか、はっきりとは認識できなかった。

「移動しますよ、先生」

鈴木に促されるまま、千晶はその場を離れた。

「で、こちらが寝室の仕様になってます」

管理人に従って、手前の部屋につながるドアを開ける。異臭がした。

ベッドの上に、女性が寝ている。布団から少しはみ出た足が見えた。白い、プラスチックのような足だった。顔は——。

「陽子……先生？」

ロウ人形を思わせる顔が、穏やかな笑みをたたえている。

キーンという音が頭の奥で響く。千晶がその事態を理解して受け入れるまで、少し時間が必要だった。

「先生！　陽子先生！　陽子先生！」

千晶はベッドに駆け寄った。陽子の腕に触れ、その硬さにおののく。すでに死後硬直が起きている。とっさに角膜を確認すると、白濁が始まっていた。千晶の膝が崩れ落ちる。

「なんてことだ、こりゃあ……」

「現場保存しなくては」

管理人と鈴木の声を聞き、千晶は叫んだ。

「き、救急車。救急車よ！」

鈴木はけげんそうな表情をした。

「この場合はむしろ警察かと。ですよね、管理人さん？」

管理人が困惑した表情でうなずく。

「はあ、そうなりますか……」

千晶は陽子の心臓をマッサージする。

「いいから早く救急車を呼んでください！　救急車です」

鈴木が哀れむような目で千晶を見つめた。おろおろしながら管理人が電話をかけ始める。

玄関から救急隊の声が聞こえた。次の瞬間、千晶は体中から力が抜け、目の前が暗くなった。

それからのことを、順序だった形では覚えていない。断片的な記憶が残るのみだ。

救急隊員に引きはがされるようにして千晶はベッドから離れた。陽子が心肺停止状態であることを確認した彼らは、警察の出動を要請した。

ベッド脇のテーブルには塩化カリウムの薬瓶《バイアル》と注射器が残されていた。現場と警察車両の中で、何人もの捜査員から事情聴取を受ける。室内に荒らされた形跡などは認められず、自筆の遺書も見つかった。函館に住む両親が来て本人確認をするまでの間、遺体は警察署の霊安室に安置されることとなった。

佐々井記念病院に戻ったのは、午後六時過ぎだった。千晶は、佐々井院長と高峰事務長に一部始終を報告した。

「……病院にも玉川署の捜査員が来て、私たちも事情を聞かれました。実は、浜口先生、以前の勤務先で医療訴訟を抱えていました。業務の性格上、起こりうる事故だったそうですが、責任感の強い先生は、かなり苦しんでいたものと思われます。遺書にも、そんな趣旨のことが書かれていたそうです」

事務長が沈んだ声で話した。訴訟は、金田に聞かされていた件だった。

青森県の病院で五年前、陽子は三十五歳の男性患者に心臓カテーテルを用いて心筋梗塞の治療を行った際、血管を破裂させたのだ。

動脈硬化などのリスクを伴う患者の治療は、どんなに慎重に行っても一定の割合でうまくいかないことがある。人間の体は千差万別だ。同じ処置をしても機械のように同じ結果が得られるとは限らない。このケースも陽子の腕が悪かったせいではなく、医学的にはやむを得ない合併症だと千晶には感じられた。訴訟にはなったものの、陽子に落ち度がなかったことが立証されるか、家族の理解を得て和解が成立する——と陽子も周囲の人たちも信じていた。

それではなぜ陽子はいまになって死を選んだのか？　患者の激しいクレームの前に、くじけそうになる自分を励ましてくれた陽子がなぜ？　つけ麺をすすりながら「頑張ろうね」と言ってくれた、あの陽子がなぜ？

ふと先週金曜日の、オアシスでの電話を思い出した。

訴訟を担当する弁護士との会話で、陽子はひどく意気消沈していた。もしかすると、あの電話が陽子の死のきっかけになったのかもしれない。

千晶は、陽子のマンションのリビングに貼られていたカレンダーを思い起こした。余白には、いくつもの書き込みがあった。

「当直」「日勤」「青森」「休日出勤」——。日付の下にメモされた陽子の行動予定だった。

裁判に出廷する予定を表したのであろう「青森」という文字の横には、カッコ付きで「平常心！」と記してあった。

その中にある「心」という陽子の字は、千晶にとって見覚えのある一筆書きだった。病院の裏階段に落ちていた、あのメモと同じ「心」だ。

カテーテルの進入経路や破裂した心臓の血管を図解し、患者が死に至った過程を詳細に記したメモだったのだ。三日前の外来診療で陽子が見ていたカルテにも、心臓の絵が描かれていた。あれも事故で亡くなった患者のものに違いない。陽子の頭からは、常にその患者のことが離れなかったのだろう。

そばにいながら、陽子がそんなにも悩んでいたとは知らずに過ごしていた。自分の鈍感さが陽子を救えなかった原因に感じられ、千晶はショックだった。

千晶が医局の席に着いたところで、事務長が姿を見せた。

「院長と相談して、ひとまず外来担当と主治医をしていた入院患者をこのように割り振りましたので、ご協力をお願いします」

Ａ４の紙を示された。千晶の外来担当日が午後一コマ増え、受け持ちの入院患者が二人増える。その他、陽子の机やロッカーを医局秘書が片付けに来るといった話が続く。事務的で、現実味が感じられなかった。

午後八時、人気《ひとけ》のない診察室に入る。明日の外来患者のカルテ確認と書類整理のためだった。

隣のブースから「千晶先生、ごはん食べよう」と陽子が顔を出してくれそうな気がした。もう二度と誘われることはない――。

ひとりひとりのカルテがひどく重く感じられる。どの患者も不満を抱えていて、何か異常があれば、訴訟という形で自分を責めようと構えているのだろうか。穏やかそうに見えるあの人も、この人も……。

医者が病気にさせた訳ではない。一生懸命に治そうとしている。その過程で起きた不測の事態に対する言い訳は許されないのか。

大きな心の支えを失ってしまった。

隣のブースに入ってみる。まだ陽子のぬくもりが残っているような気がした。さらに奥のブースから椅子のきしむ音がした。金田が呆然とした表情でデスクに肘をついていた。

「金田先生……」

金田が弱々しく見えた。

「やりきれないな……」

そう言って大きなため息をつく。

「上から目線の患者ばっかりだ。『どう治すつもりなんだ』『インターネットにはこう書いてあったが違うじゃないか』って。ネットで正しく自分の病状を判断できると思っているのかね？　あなたの場合はここが違うと説明しても納得しない。結果が悪ければ、『だから医者なんて信用できない』と訴える。俺さ、子供には絶対に医者になるなって言ってあるよ」

金田は、またため息をついた。

この日ただひとつ救いだったのは、病院に座間が現れなかったことだ。

部屋に戻り、バッグを置くと、スクワットもせずにベッドに倒れ込む。

陽子の死という大きな事件があったにもかかわらず、自分は目の前の仕事を片付け、いつものように部屋へ戻ってこられた。だが、もう限界だ。

ベッドに臥せたまま、一時間も経っただろうか。遠くから電車の走る音が聞こえる。ゆっくりと目を開けた。電気がつけっぱなしだ。手も洗っていない。

ぼんやりとした頭で、陽子を思い返した。亡くなったとは、まだ信じられない。

なぜ陽子は死を選んでしまったのか。

「どうして、どうしてですか……」

千晶は、体の芯が折れてしまったような疲れを感じる。

さらに三十分ほどそのままの姿勢を続けているうちに、ようやく手を洗いに行く気力が湧いてきた。ゆっくりと体を起こし、洗面台の前に立つ。自分はまだ泣いているのだと鏡を見て気づく。涙を流してはいないけれど、顔全体が泣いていた。ただ、ただ、陽子が気の毒で仕方がなかった。

函館に住む陽子の両親は、もう上京しているだろう。警察署の霊安室で陽子に対面したはずだ。滞米中の夫も、急きょ帰国すると聞いていた。

陽子の両親に話さなければならない。

——毎日、毎日、あなたの娘さんは、頑張って仕事をしていました。

早朝から診療に当たり、いつも患者さんの力になっていました。深夜の当直で、急な病気に苦しむ患者さんの治療に当たっていました。多くの患者の命を救いました。さまざまな医療知識や技術を持ち、ひとつを尋ねたら十答えてくれました。頼りない後輩を励まし、強く支えてくれました。眠れなくても、休めなくても、報われなくても、ぐちひとつこぼさず、医師としてあるべき姿を見せてくれました。

医療とは不確かなものです。訴えた患者がどう言うか、裁判所が何をどう判断するか、それは私には分かりません。けれど、これだけは確かです。失敗しようと思って医療行為をする医師など、ひとりもいない、ということ。とりわけ陽子さんが、精一杯頑張っていた医師であったことは、そばで見てきた私が断言できます。

いいえ、病院中のすべての医師が同じことを証言するはずです。陽子さんは、とても尊敬できる医師で、頼りになる先輩でした——。

電話が鳴った。表示された番号を見ると、実家からだった。千晶は少し迷ってから受話器を持ち上げる。

「お姉ちゃん？」

出るのが遅い、と言わんばかりの口調だった。

「もしもし、千晶ちゃん？」

電話はいきなり母に代わった。

「お母さん、帰ってるの？　元気？」

「千晶ちゃん、ちゃんとごはん食べてる？」

「うん……」

朝食はハチミツを入れたコーヒーだけ。昼はコンビニのサンドイッチになることが多い。夜は疲れ切って何も食べずに眠ってしまう日もある。そういえば、今日も昼から何も食べていない。

「大丈夫、食べてるよ」

きっと母は、千晶の日常をお見通しなのだ。認知症になったいまでも。

「ちゃんと食べなきゃダメよ」

「うん、私は大丈夫だから。それよりお母さんこそ……」

お母さんこそ食べてね、という言葉が喉に詰まって出てこない。

さんざん母親から、「食べているのか」「外食ばかりじゃダメだからね」などと言われ続けていた。そのたびに、不機嫌な返事をしていた。

娘の体を心配してくれているのは分かっていた。だが、医師になってからは恐ろしく時間がなかった。医師国家試験《こくし》に合格し、研修医として大学病院に勤務して以降、ずっとだ。

母が野菜を送ってくれても、料理する時間などなかった。腐らせてしまった物を処分する時間も惜しかった。

「もう、送らなくて大丈夫だから！」

千晶は、母に自分の多忙さを理解されていないようでイライラした。野菜ジュースとシリアルの生活で成長したつもりになっていた。

「野菜は要らないってば！」

それでも自分を心配する母の言葉に、千晶は冷たく返事した。

「いい加減にしてよ、お母さん！」

千晶は、そのことを謝りたかった。謝るべきだった。けれど、またしても「大丈夫だ」などと言ってしまった。

「それにしても、千晶ちゃんはちっとも帰ってこない。女の子なんだから、仕事ばっかりしてないでちゃんとしないとダメじゃない」

母はスイッチが切り替わったように、急に怒り出した。

母の背後で「そんなこと言うと、余計帰りたくなくなるぞ」とたしなめる父の声が聞こえる。

「もしもし」

父が電話口に出た。

「どうなの、お母さんは」

医師としての所見を父に尋ねたつもりだった。だが父は、同じ言葉を千晶に返してきた。

「どうなんだ、千晶は」

急に自分の心細くなった現実が暗闇に浮かび上がる。

「うん、変わらない。けどお父さん……いろいろあるよね」

千晶は口ごもった。

「うん？　病院のことか？」

言いよどんでいると、父の穏やかな声が続いた。

「何かあったか？　ん？」

どう答えていいのか、何から話せばいいのか分からない。

「医療訴訟って、つらいね」

陽子のことを口にするのは、生々しくてできなかった。医療現場で患者と、医療者との対立をよく耳にする――などと話題を継いだ。

「千晶にもそのうち分かるよ。肉親の死や自分自身の病気はね、誰もが簡単に納得はできないものだって」

父はどちらの味方なのだろうか。

「……うん」

父は千晶の戸惑いを察したかのように、「まあ聞きなさい」と言い足す。

「悲しい現実を受け止めきれない患者や家族はね、医師に責めを負わせて心の平和を得ようとするものだよ」

訴訟を起こすのは、つらいからだ。医師は、そこも含めて患者を理解しなければならない――。父が言おうとしていることを、千晶はそんなふうに理解した。

「でも、真面目に医療をしていても訴えられるって、ひどすぎるよ」

父の声が緊迫した調子に変わった。

「もしかして千晶、何かあったのか？」

「ううん。私じゃなくて……」

「同僚か？　親しい先生なのか？」

父の声は安堵していない。

「先輩の先生が、訴訟を受けて自殺を……」

「そうか……気の毒だな」

父のため息が聞こえた。

「患者を信じるからこそ、医師はリスクのある行為に飛び込むことができるのに」

父が陽子を思いやってくれている。ひどく嬉しかった。

「治療がうまくいかないこともある。それは医師の腕だけの問題じゃない。いろいろな条件が重なるんだ。運だよ」

同じ医師が同じように手術をしても、成功する例とそうでない例がある。「運」だというのは外科医だった父の実感なのだろう。

「私もいつか訴えられるのかな」

思いがけず心細い声が出た。父は真面目な声になる。

「訴訟は運じゃない。医者が何をやったかではなくて、どうやったか、で起きる」

病院の会議でも、同じような話を聞いたことがあった。医療事故が起きても、医師がきちんと対応したかどうかで訴訟まで発展するケースとそうでない場合があると。

「誠心誠意、ちゃんと説明したか――それが大きいんだ」

ならば陽子のケースは、どうして訴訟まで行ってしまったのか？　陽子が患者に対する説明で手を抜くことなどありえないのに。

「まあ、相手にもよるけどな」

父は言葉を重ねた。

「そうだね、気をつける」

千晶は、父の言った「相手にもよる」に納得する。患者の年齢が若かったから家族は受け止めきれなかったのだろう。また、患者の中には座間のような人間がいるということだ。陽子を訴えた患者の家族も座間のような人だったのか。それにしても「運」で片付けるには陽子の死はあまりにも無念だ。抑えきれずに嗚咽《おえつ》が漏れる。

「どうした？」

「陽子先生がかわいそう……」

千晶が落ち着くまで、父は黙って待っていてくれた。

「ごめん。お父さん、ありがとう」

電話を切ろうとすると、父は「そうだ、言い忘れてたことがあった」と引き止めた。

「母さんがね、散歩中に何度も車椅子から立ち上がろうとするんだよ」

認知症が相当進んできたようだ。

「桜の木の前を通るたびに、『桜餅の葉っぱを取らなきゃ』って言ってね」

ハッとする。千晶は子供の頃から食が細く、痩せていた。そんな千晶が唯一よく食べたのは、桜餅だった。だから母は毎年、桜の葉の塩漬けを大量に作っていた。千晶に食べさせるため、季節に関係なくいつでも桜餅をこしらえられるように、と。

「とにかく、何があっても食べなさい。食べて、生きなさい」

父も、母の言葉を繰り返す。千晶は再び漏れそうになる嗚咽をこらえ、電話を切った。

3

今朝は予防接種の当番に当たっていた。

陽子が死んでも、いつものように患者は来院する。それは当然のことだが、気持ちがついていかない。だがここで感傷に浸り、仕事を放棄する訳にはいかなかった。

今朝のタスクが予防接種という、複雑なことを考えずに済む一点集中型の仕事であるのは救いだった。

肺炎球菌の予防接種液の薬瓶《バイアル》に少し空気を入れてから注射筒《シリンダー》に吸い上げる。患者の前腕下部をつまむ。橈骨《とうこつ》神経を傷つけないよう、そして、最も痛みがないような場所をさぐるために注意を集中させる。

神経の走行から十分に距離を保って、針を刺入する。注射は、針が皮膚を通過するときが一番痛い。だから、ある程度のスピードをもって皮膚の表面を貫通し、皮下の位置で止める。そして、針が動かないように手を固定する。ここまでは全く痛くないという患者が多い。ところが続いて薬液を注入し始めると、「イテテテテ」と痛みを訴える人が半数くらいいる。注入を終えたら、針を真っすぐに引き抜く。アルコール綿で皮膚を強く押さえつけながら抜くと、血を見なくて済むが、圧力で周囲の組織を傷つけてしまいそうだから千晶はしない。単純に、刺入角度を保ったまま針をすっと抜く。

同じように操作をしても、「あれ？　もう終わったの」と言う人もいれば、「ものすごく痛かった」と口にする人までさまざまだ。人の体や反応は十人十色、注射ひとつでも、こんなふうに違うものだ。

ある患者が、「予防接種で心的外傷後ストレス障害《PTSD》になった」という訴えを起こしたと聞いたことがある。患者の主張は、「注射の痛み自体は消えたが、そのときの記憶が後遺症となって不眠症になった」というものだった。その患者は、接種を受けた病院を提訴した。

千晶はこれまで数え切れないほどの患者に予防接種をしてきた。訴えられたことがないのは、単なる幸運に過ぎないのかもしれない。そう思うと、注射器を持つ手が震えそうになる。

午後六時まで、とにかく最低限のやるべきことだけを全速力で片付け、千晶は佐々井記念病院を後にした。陽子は今朝、両親による遺体確認を受けて自宅に戻ったと聞いている。陽子の部屋をもう一度訪ね、残された家族にお悔やみを言いたい。その一心だった。

東急東横線の自由が丘で大井町線に乗り換え、二子玉川に着いたのは、サラリーマンらの帰宅ラッシュ時だった。昨日、病院の車で通ったルートを思い出しながら、陽子のマンションへの道を歩く。

若くて明るい街だ。トレンドに敏感なショップや飲食店が立ち並ぶ。陽子が話してくれた一ツ星レストランも、この一画にあるのだろう。通りを行き交うカップルやグループの顔は、人生を楽しむ幸福感に満ちているように見えた。

この街で陽子は、店がシャッターを下ろしている早朝に駅へ急ぎ、深夜、眠るだけのために部屋へ帰る生活を送っていたに違いない。街の様子は違っても、千晶も同じ状況だ。

「……お忙しいなか、お越しいただいてありがとうございます」

千晶が玄関先で弔意を告げると、陽子の両親は深々と頭を下げた。ともに八十歳を超えているように見える両親は、気丈に振舞っていた。

「そうですか、佐々井記念病院でご一緒いただいている……。どうぞ、陽子に会ってやってください」

母親に案内される。父親は無言のままだった。

整理されたリビングには小さな祭壇が飾られ、フローリングの床に敷かれた布団で陽子が眠っていた。昨日の午後、ロウのように白く見えた肌はそのままの美しさを保っている。千晶は静かに手を合わせた。目の前にいるのにまだ陽子の死が信じられない。

葬儀の段取りは、明日に通夜、明後日は告別式。陽子の夫がアメリカから帰国するのは、明日の早朝になるという。

母親が、問わず語りに自分たち家族の話を始めた。

「主人と私は、長く小学校の教員をしていました。いまの教育現場のことはよく知りませんが、モンペって言うんですか？　後輩たちに聞くと、どこも汲々としているようです」

「モンペ」が「モンスター・ペアレント」のことだと分かるまで少し時間がかかった。

「教室では、親御さんたちに文句を言われないようにエネルギーを注ぐ毎日のようです。そうすると教育に中身がなくなってしまい、またモンペに責められるとか……」

母親は教師としての経験を手がかりに、訴訟にまで発展しうる医療の現実を理解しようとしているようだ。

「二人の兄は教職に進みました。でも陽子はもっと別の世界で頑張らせたいと、私が主人を説き伏せたんです。それが、こんなことになって……」

話の途中で前髪をそっとかき上げる。その仕草は、陽子とそっくりだった。

さまざまなストレスがあったのか、陽子は実家でうなされることもあったという。

「正月、久しぶりに帰省したときも眠れない様子だったので、心配事があるのかと気にしていました。あのとき、陽子を東京に帰さなければよかった」

母親は心の底から悔やむように言い、ハンカチを口元に押し当てた。

「……あの、もしや下のお名前は千晶さんですか？」

父親が何かを思い出したように言った。立ち上がると、書類の入った文箱を手に戻ってきた。

「娘は、何人かの方に、その、手紙を残していまして――これです」

ラベンダーの絵が入った一筆箋だった。右上に「千晶先生」と宛名がある。

〈千晶先生　一緒に働けて楽しかったです。病気を見つけ出すあなたの『野生の勘』には、いつも感心していました。あなたは本当にいい医師であり続けると確信しています。私がずっと空から見守っていますから、安心して頑張ってくださいね。そのかわりと言ってはなんですが、私の患者さんたちをよろしくお願いします。それと申し訳ないのですが、函館の両親にちょっとだけ声をかけてやってくださいませんか。『あなたたちの娘でよかった』と言っていたと。それと『親不孝な娘でごめんなさい』と伝えてください。直接お礼を言いたかったけれど手紙でごめんなさい。いままで本当にありがとう。陽子〉

礼を言わなくてはならないのは、間違いなく自分の方だった。なのに――。

「ありがとうございました」

千晶は声にならない声しか出せなかった。

頭を上げたところで、父親から別の紙を手渡された。心血管を図解したメモで、いつか病院の階段で千晶が見つけたものだ。心臓の「心」の字が陽子の字であることに気づいたメモだった。

「遺書と一緒に並べてありました」

黄色い付箋があり、「このメモは千晶先生に託してください」と書かれている。千晶はメモの文字を丹念に追った。

患者に何が起きたのか、時間の経過ごとに記されていた。心筋梗塞の発症時刻、病院に着いてからの検査や投薬内容、心臓カテーテル室への入室時刻とカテーテル挿入の開始時刻、狭窄血管部位、用いられたステント名。そして、血管の破裂部位とその時刻。血圧低下と心肺停止時刻など。

その克明な記述から、陽子が直面した事故の全容が読み取れると同時に、医師としての陽子の誠実さが浮かび上がった。

患者の死が、ミスによるものだったのか、それとも不可抗力だったのか。そして、責任は医師にあるのか、ないのか——。判断は非常に難しい。

陽子自身は、どのような思いだったのだろうか。

メモの題名にあたる部分には、「言」「宅」「言」の文字が横に並んでいた。

判じ物のように見えた表題を眺めているうちに、それが単に漢字の羅列でないことに気づいた。

「詫言《わびごと》」

思わず声に出た。やはり陽子は自分自身を責め、遺族に謝罪の意を持ち続けていたのだ。

千晶は最後にもう一度焼香をし、陽子の家を後にした。

4

朝から雨が降っていた。千晶は郊外の小さな斎場で営まれる陽子の告別式に向かう。

陽子の死は自殺であったため、院内でも限られた職員にしか知らされていなかった。医局からの参列者は院長と金田、それに千晶だけだと聞いた。寂しい葬儀になる。「派手にせず、内輪の式を考えています」という両親の言葉が思い起こされた。

開式まで十分な余裕のある時間帯に、斎場に到着した。陽子の両親、それに喪主である夫に挨拶をしたかったからだ。

遺族の控室で両親と夫に会った。陽子の夫は、いかにも研究者らしい知的な顔をしていた。

「あなたが千晶先生でしたか」

目の周りを赤くし、「妻が大変お世話になりました」と頭を下げたまま、なかなか顔を上げようとしない。

千晶は、陽子の助けになれなかった自分を責めると同時に、夫に対しては、なぜもっと近くで陽子を支えてくれなかったのかと問いたい気持ちもあった。だが、夫婦にはそれぞれの形があるのだ。顔を伏せたまま肩を震わせるこの男性をそんなふうに責められる立場でもない。

ただ、陽子先生に生きていてほしかった——繰り返し思うのは、そのことばかりだ。

千晶の来訪と入れ違いに、ひとりの弔問客が控室を辞去するのが見えた。凄《すご》みのある顔つきをした男性だった。

「江頭先生、ありがとうございました」

背中を向けた男を、陽子の両親が送り出す。男は足早に歩み出した。

江頭——。

先週の金曜日、オアシスで陽子が受けた電話の相手だ。間違いない。あの電話で陽子は死を選んだ——千晶にはそう思えてならなかった。

「ちょっと、ちょっと待ってください！」

駆け出した千晶は、通路の中ほどで男の前に立ちはだかった。

「失礼ですが、弁護士の江頭先生ですよね？」

突然制止され、男は不審の目を千晶に向けた。

「あなたは？」

「故人の――浜口陽子さんの同僚で真野と申します。先週の金曜、あなたは陽子先生に電話で何の話をしたんですか。教えてください」

千晶は、自分でもコントロールが利かないほどに勢い込んでいた。

「いきなり何ですか」

男は警戒の表情を一層強くした。

「私、一緒にいたんです。あのとき病院で……」

「はあ？」

「電話を受けたとたんに陽子先生、すごく落ち込んで……。それまでは本当に楽しそうに私と話をしてたのに……。あの電話が、陽子先生の死につながったんだって、私はそう確信しているんです」

「そう思われるのは勝手ですが、あなたにはお話しできません。弁護士には守秘義務がありますから……」

「構いません、江頭先生」

背後から声がした。陽子の夫だった。

「陽子のこと、この方にも知ってもらいたいと思いますので」

ほんの少し間を置き、江頭がうなずいた。

「……分かりました。ではあちらで」

江頭に促され、ロビーの一角にあるソファーへ移る。

「浜口さん――陽子さんは、敗訴が確定的になりました。あの日、携帯に電話をかけて、そのことをお伝えしたのです」

そこで江頭は手帳を開いた。

「患者は青森市在住、当時三十五歳の個人事業主。五年前、心筋梗塞を発症し、浜口陽子医師による心臓カテーテル検査および冠血管拡張術を受けている最中に血管破裂が生じ、急性循環不全により死亡しました」

事故は、いまから五年前のものだった。陽子は東北大学病院で循環器内科医として働いていたが、事故そのものはスポット勤務で行った青森の津軽総合病院でのことだったという。

「過去の判例に照らしても、医療者側が圧倒的に有利なケースだと思っていましたが……」

「それが、なぜ？」

千晶の問いに、陽子の夫が低い声を絞り出した。

「ここにきて、陽子についたナースが証言を翻したそうです」

その看護師の息子は、地元で原告の親族が経営する会社に就職が決まったのだという。江頭は反転した証言内容の信用性に強い疑義を呈したものの、青森地裁はそれを受け入れなかった。

「そんなことって……」

千晶はいまさらながらショックを受ける。陽子の苦悩について、自分は全く無知だった。

「証人尋問がすでに終わり、次回、最終準備書面を提出して結審する見込みだったのですが、残念ながら敗訴が極めて濃厚です」

千晶は何も言えなかった。江頭の見立て通りなら、陽子は重い十字架を背負う。だが、これは刑事事件ではない。陽子が逮捕されたり、刑務所に収監されたりするわけではない。陽子が死を選ぶことはなかったはずだ。

「それだけで、あの陽子先生が死ぬはずはありません」

千晶は思ったままを口にした。短い沈黙が流れる。

「損害賠償請求額は、一億六千七百万円です……」

陽子の夫が苦渋に満ちた表情となった。

「医療過誤」「診療ミス」として提起される医療訴訟では、治療費、入院費、介護費、休業損害、逸失利益、慰謝料、葬儀費用が損害賠償請求額に盛り込まれる。その計算方法は交通事故と同様に定められ、患者の収入や社会的地位などによる逸失利益と慰謝料が金額全体に大きく影響する。

陽子が関わった今回のケースでは、亡くなった三十代の個人事業主、つまり若き起業家だった患者の逸失利益は九千万円、慰謝料は五千万円として請求されているのだという。

九千万円――。

医局でいつか、陽子が患者に握らされた金一封と千晶のピラフ代をめぐって、金田が口にした数字であったことを思い出した。

あのとき金田は、「九千万円をもらったらどうなる？」と言っていた。

請求額まで詳しく知っていたのだ。訴訟問題で押しつぶされそうだった陽子に対して、金田が発した心ないひとことだった。

「保険は？　大学病院にいた当時、陽子先生は医賠責に入っていたんじゃないですか？」

医師賠償責任保険――リスクの高い医療に関わることの多い大学病院などに勤務する医師であれば、当たり前の自己保全だった。保険料は年間約五万円と負担感はあるものの、一事故について最高二億円の補償が下りる。

「加入していました。でも、今回の事故は保険金の支払い対象にならないんです」

夫が苦々しい表情をした。江頭も伏し目がちにしている。

「どういうことなんですか？」

千晶は弁護士を見つめる。江頭は咳払いをした。

「医療事故が起きて患者が亡くなったのは、五年前。当時、東北大病院に勤務していた陽子さんは、確かに医賠責保険に入っていた。ただ、訴訟が起こされたのは四年前です。その少し前に佐々井記念病院に移籍した陽子さんは、すでに保険契約を解除していました」

佐々井記念病院は、勤務する医師全員分の補償が担保される病院保険に加入している。陽子が個人契約の医賠責の契約を解除したのは、そうした理由からだろう。事故が起きたとき、陽子は個人で保険に入っていた。だがその事故は保険金の支払い対象でないという。千晶には理解できなかった。

「医師賠償責任保険は、『事故発見日ベース』の保険なんですよ、真野先生」

江頭弁護士の話は、法律上の細かな説明に入り込んでいった。

事故発見日ベースの「発見」とは、次のいずれか早い時期を指すという。
① 患者の体に起きた障害を医師が最初に認識したとき、または認識し得たとき

②　医師が損害賠償請求を起こされたとき、または提訴されると認識したとき

「さまざまな事例があります。陽子さんが直面したケースでは、患者が死亡した当時は医師も遺族も問題を認識しなかった。ところが翌年になって突然、遺族の申し立てによる文書が裁判所から届き、カルテの提出を求められた。この場合は、裁判所の証拠保全決定通知の受理日をもって、『発見』となるのです」

頭を整理する必要があった。

「……患者さんが亡くなったときは保険に入っていたけれど、陽子先生は翌年に訴えられたから、保険ではカバーされないということですか？」

「端的に言うと、その通りです。それが、この保険のルールなのです」

「そんなばかな……」

江頭に食い下がる気力を失った。

「だから陽子は、自分から命を絶って……。遺族へのお詫びに、生命保険金を賠償にあててくれと。二人で働けば返せたのに……」

弁護士の隣で陽子の夫が顔をゆがめ、声を殺して泣き始めた。

責任感の強い陽子は、事故そのものだけでなくお金の問題が加わったことにより、心が頽《くずお》れてしまったのだろうか。

千晶は、それでも「なぜ」と問いたかった。陽子にも、家族にも、病院にも、世間にも。そこまでして陽子は患者に責任を負わなくてはならなかったのだろうか。良心の塊のような陽子が死ななくてはならないとしたら、いまの医療はどこか間違っている。

千晶はソファーを離れ、遺族用の通路から式場へ回った。狭い場内には、わずかな席しか用意されていない。だが、祭壇は数多くの生花で飾られていた。

白い菊が並ぶ祭壇の上で、白衣姿の陽子がほほ笑んでいる。「本院の医師紹介」として佐々井記念病院の待合室に掲示されていた写真だ。いや、少しばかり違う気がする。病院から別カットが提供されたのだろうか。いつも目にする写真より、もっとにこやかな表情を見せている。

受付を通った千晶は、目の前の光景に驚かされた。弔問客は、長蛇の列だった。

改めて参列者の顔ぶれを眺めた。大勢の看護師や介護士、事務職員たちが来ている。姐御肌の陽子は、佐々井記念病院の医療スタッフからこんなにも頼りにされていたのだ。

ふと見ると、金田がいる。千晶のそばに来てささやいた。

「陽子先生は、もっとうまくやればよかったんだよ。死ぬことないじゃん。俺なんかどうせ理解されないのは知ってるから、訴えられたって構わないって思ってるのに」

金田の目は落ちくぼみ、体はいまにも倒れるかと思えるほど不安定に見えた。

「あのな、千晶ちゃん。いいこと教えてやる。俺は何度も誤診した。救急外来で喉が痛いって受診した患者、次の日に陽子先生が調べたら大動脈解離だった。俺は風邪薬を出しただけで忘れていたけど、陽子先生がさり気なく教えてくれたんだ。診断は正確だし、仲間にはちゃんとフィードバックを返す、あんないい医者はいない。スタッフも陽子先生、陽子先生って……俺の言うことなんてちっとも聞きやしない。ま、ちょっと休むわ」

親族席の近くに空席を見つけた金田は、力尽きたように座り込んだ。

「真野先生、列の最後尾はこちらです」

美咲だった。目が潤んでいる。

「どうしてなんですか、真野先生。こんなこと、こんなことって……どうして」

美咲の瞳から涙が次々にこぼれ落ちた。

「私、浜口先生が大好きでした。いろいろ声をかけてくださって、お母さんみたいだって思っていたのに……」

「つらいね」

千晶は美咲の背中を抱いた。そのまま二人で陽子の遺影を見つめる。

「陽子先生の写真、きれいね」

美咲は「さすがです」と答えた。

「沼田主任が、取り置きファイルから選んでトリミングしたんです。そういうの、主任の得意ワザですから」

列は斎場の外にまで続き、さらに敷地を取り囲むように延びていた。

「ほとんどが陽子先生の患者さんや、そのご家族ですよ」

陽子の死を知った患者たちが、駆けつけたのだという。列の後ろにいた中年男性と目が合い目礼する。

「浜口先生……本当に残念です」

話さずにはいられないという様子だった。

「面倒見のいい先生でした。おふくろが世話になっていて、こんなにおふくろが信頼した先生はいなかったので、僕も頼りにしていたんですが」

千晶はかける言葉が見つからず、静かにうなずく。すると、斜め後ろの女性が言った。

「そうよね。私も、すごく励まされました。月に一回、陽子先生に会うだけで、心が軽くなるというか、前向きになれたんです」

女性は乳癌の術後経過を陽子に診てもらっていたと語った。

「癌があっても、働かなくてはやっていけません。浜口先生には、どうすれば働きながら治療も続けられるか、いろいろなことを考えていただいたんです。おかげで、生きてゆける自信がつきました」

陽子は、昼休みに三十分だけ仮眠を取れるスペースの確保や、ウィッグを外せる個室ロッカールームの提供を、女性の勤務先を訪ねてまで提案したという。

隣の男性が目を赤く腫らして会話に加わった。

「豪快な先生だったのによお。ストレスの方が体に悪いから、お酒くらい飲んでもいいよって言ってくれて、話の分かるいい先生だったなあ。ファンだったんすよ。でも、タバコをやめないと診察してやらないって言われて、喧嘩してねえ。おかげで禁煙には成功、いまは喘息発作が出なくなったんですよ」

「大らかに見えましたけど、医療に対してはきめ細やかな先生でしたね」

前の女性が振り返って言った。

「私、朝の血圧の薬を飲み忘れて、夕方に問い合わせをしたんです。一日くらいいいって言われるかと思ったら、真剣な声ですぐに飲みなさいって。早朝に血圧が高くなるのが危険なんですって」

「うちの主人、以前に診てもらった先生は、薬を忘れて何かあったら自業自得だ、なんておっしゃる方だったものですから、浜口先生になって安心しましたの。そのせいか、血糖値もよくなってきていましたのよ」

「あら私も。前の先生はろくにこっちも見ないし、挙句に『親を恨め』って言うから、院長宛に苦情の手紙を書いたの。そのあと浜口先生に代わって、本当にラッキーだったわ」

陽子を惜しむ声はいつまでも絶えなかった。陽子の医師としての優しさは患者にしっかりと伝わっていた。

千晶は焼香台の前に立った。遺影は陽子らしい、大らかな笑顔だ。

「陽子先生、見えていますか？」

手を合わせながら、千晶は陽子にそっと語りかける。

「こんなにも患者さんたちが来てくれていますよ。ねえ、陽子先生」

もう一度、患者さんたちを信じようと千晶は思った。そうして陽子の守ってきた大切な何かをつなげなくてはならない、と。

5

患者様プライオリティー推進委員会が臨時で開かれた。五日前にあった陽子の自殺という事態を受け、医師たちへ何らかの情報提供が必要と考えられたようだ。

「医師の死亡率は、他の職業の約一・三倍になります」

陽子を失った痛みがまだ苦しいほど強く残るなかで、高峰事務長は突き放すような言い方をした。

「三つの要因があると考えました」

高峰が、パワーポイントを示す。

「過重労働、過重責任、過度な承認欲求」

医師の過重労働は、高峰に改めて説明されるまでもない。

医師には「人のために時間を使う仕事」という意識がベースにある。このため、時間外労働や早朝・夜間の呼び出しに不満を言う医師は少なく、なかなか改善されない。脳・心臓疾患で労災認定される目安の「過労死ライン」は月当たり八十時間超の時間外労働を言う。一日の残業にすれば四時間だが、この倍の時間を残業している医師を数多く見てきた。

過重責任は、命を扱う責任の重さということだ。

医療現場では、人の命がかかっている――その意識があるので、仕事の責任を全うするために自分の体やプライベートな生活と時間が犠牲になっても当然という気持ちで働き続けてしまう。医療訴訟の矢面に立たされた場合、必要以上に罪の意識にさいなまれてしまうケースも該当するという。

過度な承認欲求。いい成績で性格もよく、ほめられて育ってきた医師たちが陥りやすい深い穴だという。

「これはまあ、医学部出身者のエリート病ですな」

高峰の言い回しは陽子の死を愚弄しているように感じられ、不快だった。

医師という職業に就いた者は、多かれ少なかれさまざまな犠牲を払い、目の前の患者と向き合う。自然な心持ちで志を保ち、愚直なまでに全身全霊を込めて治療する。そういうものだ。

だからこそ、「ありがとう」のひとことが、とてつもなく医師を喜ばせる。感謝のひとことは、それまでの犠牲を忘れさせる力があるのだ。逆に言えば、その報酬が得られない状態が続けば徒労感が募り、やがて心が折れてしまうのかもしれない。

千晶は、システマ教室で聞いたロシアの森からの生還訓練の話を思い出した。

「熊よけのボックスの中には、三つの物が置かれている。何だと思う?」

吉良がいたずらっぽい目をして受講生たちに尋ねた。

ひとつは二リットルの水、もうひとつはカロリーメイトのような栄養補助食品、そして三つ目は一枚のメッセージカードだという。

「カードにはね、『生きろ! 助けは必ず来る』と書いてあるんだ」

笑い出す受講生はいなかった。最後に生きる力をくれるのは、言葉だという。生きるか死ぬかというぎりぎりの局面で人を救うのは、言葉なのだ。

千晶はずっと、「必ず助けは来る」と陽子に励まし続けてもらっていたようなものだった。当直の夜はいつも「何かあったらいつでも電話してね」と言ってくれた。それがいかに心強い言葉だったことか。一晩、病院中の患者をひとりで担当する重圧はとても大きい。なぜなら、もし自分が当直医でなかったら、この患者を救えた——という事態になるのを恐れるからだ。いつでも相談できる他の医師がいるのは、何よりの安心材料だ。陽子は、「患者を救うための勇気とは、自分の力不足を正しく認識すること、そして、教えを乞うことよ」と言った。素直に従った。毎日の支えでもあった。

それなのに、千晶は陽子に「生きて」というメッセージを届けることができなかった。座間のことに気を取られているばかりで——。

そこまで考えたところで、千晶は慄然とした。座間はしばらく病院に姿を見せていない。それはつまり、明日にも来院するかもしれないということだ。次に座間と向き合ったとき、その重圧に耐えられるだろうか。

陽子を失って倍加する過重労働。

座間が押し付けてくる過重責任。

それでもなお自分の中に残る承認欲求。

高峰の発した三つの言葉は、まさに千晶自身の現実だった。

夜はシステマ教室に顔を出した。どんなに疲れていても、いまはここが心を落ち着かせてくれる場所になっていた。

吉良の姿を追いかけながら、ボディーワークで単純に汗を流す。ただ、ひたすらに。

随分と久しぶりに、自分だけの時間を手に入れた思いがした。

クラスが始まって二十分ほどしたときだ。何かが床にぶつかり、ものすごい音がした。ひとりの受講生が倒れたのだ。白目を剝き、手足を激しく屈伸させている。痙攣発作だ。

受講生の悲鳴が上がる。

「なんか、やばいぞ」

「救急車だ！」

「AED取ってくる？」

千晶はすぐに駆け寄った。焼肉店に勤めている二十代の駒沢聡《こまざわさとし》だ。痙攣発作そのものは十秒もせずに治まった。

「コマピー、大丈夫？」

返事はない。だが呼吸状態は問題なさそうだ。

駒沢の体を左下にし、安全体位で寝かせた。顔色がよくなってくる。

駒沢は以前、てんかんの薬を飲んでいると話していたことがあった。持病の発作が起きただけだろう。脈を取っている最中に、彼は目を覚ました。

「気がついた？　大丈夫？」

「う、うん……」

まだ意識ははっきりしないが、会話が可能なレベルにまで回復しつつある。「駒沢君、薬の飲み忘れ？」

「それは、ない」

「睡眠不足は？」

「あったかも。ゲームで徹夜した」

駒沢は、いたずらが見つかった子供のように笑った。てんかん発作は痙攣時間が短く、顔色も悪くなければ必ずしも救急車を呼ぶ必要はない。そう説明すると、取り囲んでいた受講生は落ち着きを取り戻した。

「千晶ちゃんって、看護師さんだったの？」

組み手の際によくペアになる女性に尋ねられる。

「いや、ドクターでしょ？」

指摘したのは吉良だ。

「はい……」

千晶はこれできっと、教室の仲間との間に、何か一線が引かれてしまうだろうと残念に思った。

「じゃあ、岡野《おかの》さんと同じだね！　最近は来てないけど」

「ばか、岡野は獣医だよ」

「熊も練習仲間みたいな教室だもん。似たようなもんじゃない？」

誰かの言葉に爆笑が起きた。発作を起こした彼も含め、みんなが笑っていた。

その日の訓練も、いつもと変わらずに終わった。

医師であると知られても何も起きない。そんなつもりはなかったが、自分の変なエリート意識を恥ずかしく思った。

車座になって行ういつもの反省会で、「実は悲しい出来事があった」と伝えた。だが陽子の死を、どこまでどう話せばいいのか分からず、千晶は言葉に詰まってしまった。

「無理に話さなくていいよ」

詳しい理由は聞かれない。その代わり、全員から肩にストライクをもらった。「ファイト」という言葉とともに。

ひとりではないという気持ちになる。それが何よりの励ましだった。

「犬が吠え、風が伝える。だが、キャラバンは進む」

吉良が笑顔を見せる。

「ロシアの諺《ことわざ》だよ」

何があっても前へ進め。そんなふうに千晶は解釈した。

「キャラバンは、進む……」

そう口にしたとたん、涙がこぼれた。

6

陽子の死から、まだ二週間弱しか経っていないが、病院は、以前と変わらぬ日常を取り戻したかのように見えた。

外来診療は思った以上にスムーズに回り、病棟の患者を診る余裕も戻っている。陽子の不在が、それぞれの医師の負担を増しているはずなのに——。

理由は、はっきりしていた。佐々井記念病院の患者数が、目に見えて減り始めたのだ。

「これぐらいの忙しさがちょうどいい」

金田は医局のソファーに寝そべる時間が増えたと喜んでいるが、上層部は深刻に受け止めていた。

午後一時から、全職種を対象にした幹部職員会議が開かれた。各職場の主任以上の職員と医師全員が招集された院内ホールは混み合い、補助椅子まで出されている。

「皆さんに当院の経営が直面する大変厳しい状況を知ってもらわなければなりません。直近の外来患者数は前月同日比で約三〇パーセント減、入院患者数は約二五パーセント減となっています。病床の稼働率は現在、五五パーセント程度しかありません。このまま推移すると、年間収支は大幅な赤字になることが見込まれます」

マイクを強く握った佐々井院長は、うわずった声で危機的な現状を説いた。

「浜口先生の件が影響している、ということですか？」

前方で看護師長が質問した。陽子が自ら死を選んだことを病院としては公表していない。

「浜口先生の件」という言い回しには、そのへんのニュアンスが込められていた。

「ここは私が……」

院長を制するように、高峰事務長がマイクに手を伸ばした。

「彼女の自殺は、相当なダメージです。近隣住民の間で、浜口先生の死は当院に問題があったからではないか、と噂されているのが実情です」

千晶自身、何度も患者に尋ねられた。「浜口先生は過労死だったのでしょうか？」、あるいは「不倫を苦にした自殺と聞きましたが本当ですか？」など。皆が同様に声をひそめ、全く異なることを口にした。

「実は浜口先生の訴訟は、原告側の申し出により取り下げられました。昨日、担当の弁護士から連絡を受けたばかりです。理由は二点。第一に、血管の硬さを気にしていた患者が血液の凝固を抑えるサプリメントを飲んでいた事実が最近の遺品整理で判明しました。第二に、原告は自殺するほど主治医を追い込むつもりはなかった——と述べています。浜口先生がお亡くなりになったことは誠に残念ですが、少なくとも故人の名誉は回復されたと認識してよいと思われます」

会場が大きくざわついた。

「なら早まることはなかったのに……」

金田が天井を見上げ、こぶしを握り締める。千晶も同じ思いだった。

「ご静粛に。いずれにしても浜口先生の件は、患者数の減少を招いた原因のひとつに過ぎません」

事務長が全体を静めるポーズを取る。

「患者様プライオリティー推進委員会にご出席の方はご存じでしょうが、ネット上に『正しい医療を願う』というブログがあります。ある患者様が開設したもので、当院に批判的な書き込みが続けられています。そこに掲載されたネガティブ情報が、最近、医療関係の各種情報サイトを通じて拡散され、それがもとで患者様が当院から離れてしまっている——。事務局では、そう分析しております」

問題視されていたのは、座間のブログだった。

このところ病院に顔を見せなくなっていた座間は、自宅にこもってネガティブ情報のアップに血道を上げていたというのか。

「皆さん、スクリーンを見てください」

天井に据え付けられたプロジェクターから、座間のブログ「正しい医療を願う」が映し出された。沼田が、手元のPCで最近の主だった書き込みをスクロールしていく。

佐々井記念病院では「必要な薬の処方」もしてくれない。

佐々井記念病院の「魔の千晶」は、ペンライトを拾ってやったのに、患者を泥棒扱いした。

佐々井記念病院では、院内でデジカメを操作しただけで怒鳴られる。

佐々井記念病院は、深夜に院内のトイレでアラームが鳴り響いている。

佐々井記念病院の「魔の千晶」は、患者の好意を無にする。

佐々井記念病院は、患者の言うことを信じない。

佐々井記念病院では、患者を犯罪者扱いする警備員が幅をきかせていた。

病院と千晶に向けて、虚実織り交ぜたクレームが続いている。

「ひとつひとつの記述は、取るに足らないものにも読めます。当院を受診された患者様の個人の感想とも言えるでしょう。しかし、これと同じ書き込みが、病院比較サイトのクチコミ欄や医療機関ランキングの『利用者の声』など医療関係の情報サイトにも転載されています。これです」

ホール内がざわついた。スクリーンが切り替わり、大手IT企業や出版社系のグループ会社が開設した複数の医療情報サイトが映し出された。

事務長の言う通りだ。座間の書き込みと全く同じ文言が、「信頼に足る」と言われる医療情報サイトの随所に躍っている。

「状況は深刻です。事態をおもしろがって『正しい医療を願う』に直接リンクを貼るサイトも増えるなど、ネット上で佐々井記念病院に対するネガティブ・キャンペーンが勢いを増しています。これはもはや、当院が経営の柱に据える患者様プライオリティーの方針を台無しにするものと言えるでしょう」

スクリーンの暗色をバックに、高峰事務長の顔はより一層、険しく見えた。

「あっ」

こちらに向かってPCを操作する沼田の手が止まった。

「ブログがまた更新されました！」

「正しい医療を願う」に最新の書き込みがなされたようだ。

タイトルは、「佐々井記念病院の患者様対応マニュアルを笑う」とある。

「佐々井記念病院は、珍妙な患者様対応マニュアルを作成している。しかし、内容は実にお粗末で、まともなのは患者様という呼び方くらい。おまけに、医師たちは全くこれに従おうとしていない。その証拠に、『魔の千晶』が使っている対応マニュアルには、読むに堪えないヒドイ書き込みがなされている。『不快になる患者が悪い。治療には本来、我慢と忍耐が必要』『医師の話を聞かない患者が多すぎる！　こんなん、やってられるか！』などなど。最低の医者による最低の書き込み。以上、原文のママ」

ブログには、マニュアルの書き込みを接写した画像まで添えられている。

高峰事務長が怒声を上げた。

「真野先生！　これはいったいどういうことですか。説明してください」

千晶は、ショックで立ち上がれなかった。自分がやったことではない。不当な名指しだ。

書き込みのことは、はっきりと覚えている。いつかの当直の晩に見た診察室に備え付けの共用マニュアルだ。あのとき、マニュアルが紛失したのも思い出した。やはり、座間が盗み出していたのだ。

「……あの字、真野先生のとは違うよね？」

周辺で、看護師たちがささやくのが聞こえる。

「あれって金田先生の字っぽくない？」

「ホントだ！　間違いないよ」

斜め前の席では金田が下を向いて眠ったふりをしていた。

「真野先生」

再び事務長に呼ばれる。千晶は体の震えを感じながら、ゆっくりと立ち上がった。


幹部職員を前にした尋問と釈明からようやく解放されたのは、午後二時の直前だった。

千晶は通常業務に戻ることを許され、診察室に駆け下りた。午後外来の患者の診察を次々と進める。

四人目の患者は、七十四歳の女性だった。患者は診察室に入るなり、不審そうな顔で尋ねてきた。

「どうして薬が増えたのかしら？　間違ってるんじゃない？」

一昨日、診察した糖尿病の患者だ。血糖コントロールが不良になったために薬が増えると説明したはずだが。

「お忘れでしょうか。血液検査で血糖値が高くなっていましたので、薬の量を増やすとお話ししましたが……」

「そんなの聞いてないわよ。それならそうと、ちゃんと説明してくださらないと」

「確かにお伝えしたのですが……。ダイエットの話と一緒に」

患者は、目を見開いてうなずいた。

「ああ、ダイエットの話は確かに聞いた。でも、薬の話なんてあったかしら」

「……しました」

「いいえ、私は聞いてません。患者が聞いてないって言うんだから、仮に説明していたとしても、説明の仕方が悪いのよ」

「……そうですか、すみません。では、もう一度。こちらのデータを」

「もう、いいわよ！『そうですか』って、あなた言葉に気をつけなさいよ。まるで私が言いがかりでも付けてるみたいじゃない。だいたいね、この病院は患者を待たせすぎよ。私なんて、三十分も前から……」

患者の恨み言はいつまでも終わりそうにない。千晶は、診療机の下のボタンを押そうかどうか迷った。数日前から、何かトラブルになりそうな場合、事務局が設置した通称イエローボタンを押すように言われていたのだ。

導入されてすぐ、うっかり何でもないときに押してしまったことがある。そのときは患者様サービス室のスタッフと警備員が駆けつけてきてしまった。

以来、ボタンに触れたことはない。

「ウワーッ！」

隣のブースから突然の悲鳴が聞こえた。男の叫び声だ。

物が壁にぶつかる鈍い音がする。さらに、ガラスの割れる音が響いた。

「金田、てめー」

同時に、「やめてっ」という看護師の鋭い声がする。ただごとではない。

千晶はとっさに診療机の下のボタンをプッシュした。

隣のブースへ行くと、大柄な中年女性が興奮した様子で立っている。見覚えのある患者だ。

手には出刃包丁を握っている。

女はそのまま金田の体へ突進した。

「金田先生！」

立っていた金田はスローモーションのように膝をつき、前のめりに倒れ込んだ。見る間に白衣が赤く染まる。

女の手には包丁が残っていた。金田の首筋へ第二撃を振り下ろそうとしている。

千晶は女性の背後にそっと立ち、思い切り手首を打った。包丁が音を立てて落ちる。自分でも驚くほど冷静だ。相手に気づかれずに接近する訓練やナイフワークの訓練が初めて役に立った。

看護師が「真野先生、危ない！」と叫び、恐怖で顔をゆがませる。女は千晶の左手を取り、いきなり嚙みついてきた。

「痛い！」

不意を突かれた。歯を剝き出した女の口は、まるで熊だ。

女は、床に転がった包丁を拾い上げた。目を剝いて千晶に狙いをつけている。先ほどは感じなかった恐怖に足が震えた。

警備員の蓮見が駆け込んできた。

「やめなさい！」

蓮見が羽交い締めにした。女は身動きが取れなくなる。刑事ドラマか何かを見ているようだ。女は観念したように大人しくなった。床に座り、首を前に垂らしたままひとことも発しない。

金田はストレッチャーに乗せられ、そのまま外科の処置室へ運ばれていった。

やがてパトカーの音が聞こえてきた。手錠をかけられた女は、数人の警官に抱えられるようにして連行されていった。

千晶は凶行の現場を離れ、金田のいる処置室へ急ごうとした。

「真野先生、その手！　大丈夫ですか？」

蓮見の声に、はっとなる。左手の傷口から血が流れていた。指摘されるまで自分が負傷していたことに気づかなかった。

蓮見はハンカチを取り出し、器用に包帯の形を作り始めた。

「……おっと、ここは病院だった。私の汚いハンカチなんか出番なしだ」

照れたような表情を浮かべ、蓮見がハンカチを丸める。

「蓮見さん、ありがとうございました。こういうときは一一〇番なんですね」

蓮見はニヤッと笑った。

「そのせいで診察代をもらい損ねちゃいましたけど。デカとハスミは使いようです」

千晶は噴き出す。緊急事態の直後だというのに、気持ちが不思議なほど落ち着く。

ピッチが鳴った。佐々井院長からだ。

「真野先生は、とにかく待合室に残された患者様を全速力でさばいてください」

興奮状態の院長に、千晶は「了解です」と短く答える。金田のブースが機能しなくなった。

陽子のブースも後任が決まらず、閉じられたままだ。騒動を受けて受診をあきらめる患者もいたが、まだ大勢が待合室に残っている。これ以上、患者を待たせる訳にはいかない。そのことだけは分かった。処置室まで金田の様子を見に行く暇もない。

この日は、午後五時になっても外来が終わらなかった。

「ではお大事にどうぞ。今日はお待たせして本当に申し訳ありませんでした」

六時半過ぎにようやく最後の患者を送り出した。千晶は診察室で手をもみほぐす。ものすごい勢いでカルテを書き続け、指がしびれるように痛かった。

佐々井院長が診察室に顔を出した。眉間にしわを寄せ、患者用の丸椅子に座る。

「いつか、こういう事態が起きることを恐れていたよ」

院長によると、金田を刺したのは治療に不満を募らせた外来患者だったという。

「金田先生の容態はいかがでしょう？」

「幸い、命には別状ない。傷は肝臓に達する寸前だったが、外科の中島《なかじま》君がうまく処置してくれた。まあ、しばらくは入院だな」

よかった――。安堵のため息が漏れる。

「真野先生も、今日は本当によくやってくれた。心から礼を言うよ」

入職後、佐々井院長に面と向かって頭を下げられたのは初めてだった。千晶は反射的に立ち上がり、佐々井の姿勢が直るのを待った。

「院長、こちらでしたか……」

そこへ高峰事務長が入ってきた。佐々井に「そろそろお出になるお時間です」と声をかけた後で、「ついで」といった風情で千晶に通告した。

「真野先生には明日以降、金田先生の患者様も診ていただきます。戦力外となった浜口、金田両先生の患者様がうまく分散されるように他の先生方にも応援を要請しますが、しばらくは頑張ってもらいたい。あなたも名誉挽回のチャンスですから、よろしく頼みますよ」

冷たい言い方だ。それに、内科で二人の医師が抜けた影響がどれくらい大きいか、高峰は分かっているのだろうか。

これまでも懸命に頑張りながら、外来診療は圧倒的に時間が足りない状態が続いていた。いくら外来患者が減っているといっても、無茶だ。

「外来担当医の数を増やしてください。私もシフトが増えるのは構いません。でも欠員のままで回すことは、もはや不可能です」

「分かった、分かった」

高峰は手を上げると、「じゃ、これから院長と商工会の会合に出るので」と言って背中を向けた。

「待ちなさい」

丸椅子に座ったまま佐々井が声を上げた。

「高峰君、今日という今日は言わせてもらう」

高峰の歩みが止まった。

「戦力外とは、なんという言い草だ。亡くなった浜口先生、けがをした金田君に失礼だと思わないのか！」

千晶は佐々井の厳しい声に驚かされた。高峰はもっとショックを受けたようだ。

「い、院長……」

「君の人材マネジメントとは、医師を使い捨てにすることなのか」

「いえ、私は決してそんな……」

高圧的な態度を取り続けていた事務長は、上からの圧力には思いのほか弱かった。

「前院長《オヤジ》が示した考えもある。だから私は、何も言わずにきた。ただ、今回の件を機に、改めて理事会で議論する必要があると分かったよ。今後の病院経営のありようも、君の処遇についても――」

高峰の顔が、みるみる赤くなる。それを目にしただけで、胸が焼け付くような不快感がさっと消えた。東洋医学では、食べ物が胃に滞って胃液が喉に上がってくる状態を「溜飲《りゅういん》」と言う。溜飲が下がるとは、まさにこの感覚だろう。

「もういい。今夜の会合は君ひとりで行ってくれ。私は病院に残って、やるべきことをやる。真野先生、疲れているところに申し訳ないが、浜口さんと金田君が担当していた入院患者を手分けして回診しよう。明日からは私も外来のシフトに入るから、彼らのカルテを見せてくれ」

「院長……」

高峰の目が宙をさまよった。

「カルテを取ってきます！」

そう言って千晶は診察室を後にする。自分でもおかしなくらい声が弾んでいた。

田舎の小さな診療所でさえ、父と娘が思惑を一致させるのは難しいものだ。佐々井記念病院でも、経営方針をめぐって親子の間に葛藤が横たわっていてもおかしくはない。

院長にカルテを届けたあと、千晶は裏階段を五階まで駆け上がった。院長と入院患者の回診を行う前に、金田を見舞う時間をもらったのだ。病室はナースステーション近くの個室だった。

千晶が顔を出すと、金田は「ヨッ」と手を上げた。案外、平気そうだ。

「お元気そうですね。早めに復帰できますよね？」

「千晶ちゃんも成長したな。そんな鬼みたいなこと言うなんて。全治三か月だぞ、三か月！ったくヒデーよな。もう、外来なんて二度とやらねえ」

ムキになるところを見ると、金田の心も相当、傷ついているようだ。

「傷口、ちょっといいですか？」

千晶は、刺された正確な場所を確かめたかった。金田は病衣をまくり上げる。

「ここ、ここ」

臍の右脇に、大きなパッドが当てられていた。

「こんな危ないところを……」

「ヘタしたら死んでたかもしれないって外科の中島に言われた。皮下脂肪に感謝だよ。傷の周囲も見る？」

金田がいやらしい笑顔になる。

「結構です」

「勉強になるのに」と金田は言いつつ、病衣を閉じた。

「何が原因だったんですか？」

「さあ。肥満の改善指導が気に入らなかったみたいだけどさ。患者のためを思って、『痩せろ』って言っただけだよ」

「あの患者——犯人にですか？」

「そうだよ。頭が変なんだよ。『最初はふくよかなのが好きだと言っておきながら、後になってデブは嫌いだって、ひどいじゃありませんか』なんて言ってきてさ」

「相手に恋愛感情を持たせちゃったんですか。先生も、そんな言い方をしたから……」

「俺は言ってねえっての。ふくよかでもいいけれど、太っていると健康によくないって言っただけなんだから。それを……おかしいだろ？」

「知りませんよ。でも、もっと言葉に……」

自分も金田のことを言えないような気がして、口をつぐむ。午後の外来で患者に「言葉に気をつけろ」と言われたのを思い出したからだ。

「カネゴン様がメガトン怪獣スカイドンに恋心を抱かれても、シャレにならねえよ」

「意味不明です」

冗談の内容がオタクすぎて笑えない。だが、元気そうな金田を見ているだけで、自然と笑いがこみ上げる。

金田は、ふっと表情を硬くした。

「あのさあ、俺たちって、二十四時間医者じゃないとダメなのかな？　自分の時間を持っちゃいけないの？　労働時間のことを言うと、すぐに『サラリーマン医者』ってバカにされるけど、どこがダメなんだよ。結局はサラリーマンじゃん」

ひと息で言い終えた後、金田は窓辺に目をやった。高台の風景が暗色に沈んでいる。

「俺って、なんで患者に嫌われるのかなあ？」

妙に寂しそうな声だ。

「どうしたんですか、珍しく弱気ですね」

「訴訟を三つ抱えてるんだけど、これって、多い？」

「三つもですか。多いと思いますけど……」

患者とのトラブルを繰り返す医者は、「リピーター医師」と呼ばれている。聞いたことはあったが、まさかこんなに身近にいたとは驚いた。

「どんな裁判なんですか？」

「小さいのばっかりだけどね。ま、一番でかいのはリドカインの投与量ミス」

不整脈の薬、リドカインの薬瓶《バイアル》には、静脈注射用二パーセント製剤と、本来は希釈して使う点滴用一〇パーセント製剤がある。それを間違えて注射してしまったというのだ。

「金田先生、それは言い逃れできませんね」

「いや、バイアルの形が似ているのもヒューマン・エラーを引き起こす原因だから、俺だけの責任じゃないよ」

金田は開き直った様子で言った。かつては確かによく似ていた。そのため最近は薬瓶の形状が変えられている。

「だいたい、三十六時間勤務なんかさせられてると、注意散漫になるよね。むしろミスしない方がおかしいって思わない？」

「そういうときは、仮眠を取らせてもらったら……」

「千晶ちゃん、きれいごと言っても何もいいことないよ。仮眠する時間なんて、ある訳ないじゃん。医者を何年もやってると、訴訟の一件や二件あっても不思議じゃない。三件抱えてる俺だって別に訴えられたくて仕事してたわけじゃねえよ。何にも間違ったことをしてなくても、訴えてくる奴はいる。分かるだろ」

「はあ……確かにそうかもしれません」

いつかは自分も、と思うと千晶はゾクリとする。

「はっきりしてるのは、どの患者も病気で死んだってこと。俺は頑張ったけれど、助けられなかった。それだけ。別に俺が殺したんじゃない」

どこか一方的な言い分にも聞こえるが、ひとまず千晶は黙ってうなずいた。

「死んだことを、誰かのせいにせずにはいられない人がいる。そういうの、俺は許せねえ。俺も頑張ったんだよ。家庭を顧みず、自分の時間もあきらめ、睡眠時間を削って治療に当たったんだよ。精一杯やったのに、『金田先生の治療では助からなかったんですね』って吐《ぬ》かしやがる家族がいた。患者は六十四歳、肝硬変の末期《ターミナル》だよ。無理だろ？　一か月持つかどうかだったのに、三か月も持たせたんだぜ。そこまで言うならって、『生体肝移植という手があるから、間に合うかどうか分からないけれど進めてみるか？』って尋ねたんだ。でも、リスクを調べてきた家族は拒否したよ。なんせ、パイロットの息子はしばらく仕事を休まなきゃなんないし、患者の兄弟はみんな高齢だし」

「それで、どうなったんですか？」

「結局、患者は死んだ。でも死なせたのは俺じゃない。家族が殺したんだ――って言ってやったよ」

「患者に肝臓を提供しなかったからって、家族を責めたんですか？」

金田は首を左右に振る。

「違うよ。肝硬変になるまで患者を酒びたりにさせた家族の責任、患者のストレスを取り除けなかった家族の無為無策。当たらずといえども遠からず、だろう？　図星だから却《かえ》って家族は逆上したんだ。『おのれの未熟な治療を棚に上げて、家族が患者を殺したとは何ごとだ』ってさ」

いったん言葉を切り、金田はペットボトルのお茶を口に含んだ。

「金田の医療ミスを暴いてやる――ってんで、カルテを隅々まで調べられたよ。そうしたら、帯状疱疹《たいじょうほうしん》に最初ステロイド軟膏を塗ったっていう俺の小さなミスを見つけ出してきやがった。すぐに抗ウイルス薬に替えたけれど、そのせいで『痛みが残った』だの、『患者に苦痛を生ぜしめた』だのって言いがかりをつけられて、とにかく参ったよ」

千晶はため息をつく。意地を張った医師と家族のひどい暗闘だ。いや、泥仕合と言ってもいい。

金田は、思ったままを言わずにはいられないのだろう。そして、これからもずっと言ってしまうに違いない。ただ、彼なりに患者のことを考えているのも分かる。きっと金田も患者と一緒に山に登るのが好きなのだろう。登り方は少々、荒っぽいけれど。

病室のドアが開き、にぎやかな声がした。

「パパ、お待たせ。『GOETHE《ゲーテ》』はあったけど、『大法輪』は扱ってないって。……あら、お客様？　失礼しました」

金田の妻子だった。書店やコンビニの袋を手に提げている。

「パパ、死ななくてよかった！」

子供が金田に飛びつく。

「イテテテ、降参！」

嬉しそうに娘を手で支え、「チュウして〜」とじゃれ合う。金田の妻と目が合った。

「同僚の真野です。このたびは大変な災難で……」

「真野先生のこと、主人から聞いてます。よく働く優秀な新人さんだって」

妻はていねいにお辞儀した。金田が「やめろよ」と顔を赤くする。

「口が悪い人だから、一緒に働くのも大変ですよね？」

同情するようにほほ笑む。

「パパ、だから患者さんからも恨まれるのよ。言葉に気をつけてって、いつも言ってるのに」

妻は金田の頰をつついた。妻の陰で、幼い娘が悲しそうな声を出す。

「ねえ、パパはどうして刺されたの？」

三歳くらいだろうか。アンパンマンの人形を脇に抱えている。

「パパは悪い人なの？」

大人三人は、言葉を失った。娘の目は真剣だ。

「違う違う。刺した人が悪いに決まってるじゃないか」

「じゃあパパは、悪者にやっつけられたの？」

千晶が割って入る。

「あなたのパパはね、正義の味方よ。大勢の人の病気を治して、大勢の人の命を救って、大勢の人を幸せにしている」

「ほんと？」

「少しだけ入院すると、ジャムおじさんが、新しくてスリムなお腹を作ってくれるのよ」

金田と妻がクスクス笑っている。千晶は、バタコさんになった気分だった。

7

土曜外来は、いつになく閑散としていた。こんなことは初めてだ。

さほど大きな扱いではなかったが、金田の事件は昨晩遅くのニュースで報じられた。今朝もまた病院の周囲にはテレビの中継車が繰り出している。犯人が逮捕されてはいても受診を避けようと考える患者が多いようだ。

ほんの数人を診ただけで、正午を迎えようとしていた。看護師が「次の患者様です」と渡してくれたカルテは、座間敦司だった。

「真野先生、どうされました？」

看護師が訝しげな声を出す。千晶の顔色が変わったのが分かったのだろう。

「何でもない。入れて」

座間は、ニヤニヤしながら診察室へ入ってきた。

「いやあ、今日は空いていますね。もっと時間がかかると思って仕事を休んで来ましたから、バイト代の半分くらい病院が補償してもらえませんか？」

冗談の体裁を取りながら、そこに埋め込まれているのは金銭の要求だ。

千晶は啞然として一瞬、言葉が出なかった。が、すぐに気を取り直す。

陽子ならどうするだろう。金田なら何と答えるか。

千晶は座間を静かに見据えた。

「病状以外のことは、患者様サービス室で承ります」

いつもの自分とは違う存在を、千晶は胸の奥から懸命にすくいあげた。

「へっ？」

座間は何回か瞬きをした。

「で、今日はいかがされました？」

明るくきっぱりとした口調で尋ねることができた、ように思う。

「ああ……実は昨日、小田原まで出かけましてね。母にうまい干物を食わせてやろうと思って、わざわざレンタカー借りて」

いつものリュックから包みを取り出し、「先生にも土産です」と診察机の上に置いた。笹かまぼこと書かれている。この期に及んで、まだ平然と同じことを繰り返すとは――。

「お気持ちはありがたいのですが、受け取れません」

千晶は毅然とした態度で押し返した。

「あれ？　ちゃーんと冷蔵庫に入れておいたし、保冷剤も一緒に入れてあるから、大丈夫ですよ」

「そういう問題ではありません。この病院のルールです」

千晶は診察室の壁にある張り紙を指す。

〈当院では患者様からのお心づけを一切、お断りしております〉

「こういうことですから、お持ち帰りください」

二度と譲ってはならない一線だった。

「千晶先生も堅いなあ。単なる好意ですよ、こ、う、い。先生には特に世話になってますからね、へへへ」

座間は気味の悪い声で笑った。話が通じる相手ではない。

診察を優先し、品物はあとで何としても持って帰ってもらおうと心に決めた。

「今日の受診理由は何でしょうか？」

座間は、急に真面目な顔になった。

「あのさ、カルテにはむち打ち症って書いておいてよ」

「はい？」

「だからさ、小田原から帰るときに、車に追突されたんだよ。そのときは何ともなかったけど、いまになって首が痛くて動かないっていうか、手がしびれるっていうか。めまいも出てきちゃってさ。まあ簡単に言えば体調が悪いんですよ。むち打ちで保険会社にかけ合おうって思ってるから、そのためにはちゃんと受診しとかないとまずいからね」

座間は、ヘラヘラと笑った。むち打ち症の診断や治療は千晶の専門外だ。頻度の高い頸椎捻挫の他に、知覚障害を起こす根症状型や、頭痛やめまいなどを生じるバレ・リュー症状型などがあり、時間の経過によっても症状が変化する。とにかく慎重な対応が求められた。

「カルテを回しますので、整形外科を受診してください」

千晶は速やかに他科受診用の手続きを始める。

「はいはい、そう言われるかなって思ったんだけどさ。あ、それから先生、待合室のエアコンの送風口に黒カビが生えてましたよ。あれ、掃除するようによく言っといてくださいよ。僕、その下に座っていましたから。さっきから変な咳が出て、あのカビのせいじゃないかと思ってるんですよ」

座間は、嫌がらせのようにだらだらと話を続けた。

「では、お大事に。これはお持ち帰りください」

千晶は立ち上がると、有無を言わせず座間のリュックの中に笹かまぼこを入れ直した。

「てめえ、ひと様の荷物を勝手に開けやがったな！」

突然、座間が牙をむく。激しい剣幕に、千晶は後ずさりした。

「他人の財産に手をつけるなんてのは、犯罪者のやることだろ。窃盗未遂とプライバシーの侵害、チャックが壊れたら器物損壊だ。おいおい、ひでえな、ここはドロボウ病院かよ」

目の前の事実が誇張され、論理が飛躍している。しかも、その大声が診察ブースから待合室に響き渡っていた。

理不尽な罵倒に狼狽《ろうばい》しそうになったそのときだ。陽子の声が聞こえたような気がした。

――あなたに非はない。毅然としていればいいのよ――

千晶は下腹に力を込め、何度か短く息を吐く。気持ちが落ち着いてきた。

「言いがかりはやめてください」

いままでの千晶には、口にできなかった言葉だ。ただ、座間もひるんだ様子は見せない。

「おいおい、やっぱりチャックが壊れてんじゃねえか。弁償しろ、弁償！　ノース・フェイスの純正品だぞ。患者の財産を医師が奪うなんて、とんでもねえなあ」

座間はチャックの部分をいじり回していた。

「これと同じ物、弁償しろよな」

本当にリュックに不具合が生じたのかどうかは、よく見えない。

「それに、いいな。今日の治療代は払わないからな。そっちが了承したということで」

座間のクレームは、真偽不明の修理代に加え、診察料の不払いという具体的な形になった。

千晶は、またも短く息を吐いた。今度は金田の声が聞こえてくる。彼が以前、クレーマー患者について、「あいつら、言わなきゃ損だっていうくらいの勢いですから。こっちもそう思って対応すればいいだけ」と話していたのが思い起こされた。

「座間さん、いい加減にしてください。そんな不当な要求には応じられません」

普段と異なる千晶の反応に業を煮やしたのか。座間は黄色い縁のメガネをはずし、目を細めて千晶をにらみつけてきた。

「な、なんだと、コラ！　リュックの弁償はしない、治療代も取るって言い出す訳じゃないだろうな。このアマ、気取りやがって。コラ！　オイコラ！」

初めて聞く、ヤクザまがいの文句が座間の口から飛び出した。「コラ！」に合わせて、大きく顎をしゃくり上げる。まさにヤクザのポーズだった。

座間の動きを冷静に見ている自分がいた。すぐそばで陽子が支えてくれているような、不思議な感覚があった。

「……座間さん、痛みやしびれは出ないようですね。そこまで首を動かせるなら、むち打ちはまあ心配ないでしょう」

看護師がプッと噴き出した。

座間は真っ赤な顔をしている。怒りの色ではなく、きまりの悪さからくる赤面に見えた。

「ち、治療代は、払わな……」

「ええ、今日は結構です。病気でない方からお金はいただけませんから。では、次を呼び入れて」

千晶は知らん顔で看護師に指示した。

「お待ちの患者様のご迷惑になりますから、診察室から出てください」

看護師に言われ、座間は不意を突かれた様子で素直に立ち上がる。

「ネットに書いてやるからなっ」

部屋を出て行く直前、座間は振り返って叫んだ。

――放っとけ、放っとけ――

陽子を慕う多くの患者たちの声が聞こえたような気がした。

「先生、大丈夫でしょうか」

座間を送り出した後、看護師が不安げに尋ねた。

「ネットのこと？　何を書くつもりか知らないけど、放っておきましょう。私たちは、目の前の患者様のために粛々と仕事を進めるだけ。ほとんどの患者様は、ちゃんと分かってくれるはずよ」

自然に患者様という言葉が口をついて出る。とても清々しい気分だ。

「さ、ここからスパートかけて一気に診ていくわよ。頑張ろうね」

「はい！」

看護師は嬉しそうな笑顔とともに、大きくうなずいた。

午前外来は時間通りに終えることができた。午後はいつものように入院患者の回診を行い、たまった保険請求書類の処理をしているうちに時間が過ぎた。

午後六時過ぎに医局へ戻り、帰りの準備をする。携帯電話をチェックして驚いた。妹の名前で着信が十回以上もあった。

「一分一秒を争う用件でなければ、携帯にはかけないでほしい」と言ってあった。

最初は午後五時三十八分、それから立て続けにコールされている。伝言も複数残っていた。

メッセージを再生しようとしたとき、ピッチが鋭い着信音を立てた。外線電話の音だ。

「お姉ちゃん？」

やはり万里からだった。

「お母さんが、お母さんが……」

万里の言葉の最後は、聞き取れなかった。だが、泣いている。それが何を意味しているのか、千晶には即座に分かった。

「急変したの？」

「うん、そうみたい……」

万里もまだ会えていない。そう理解した。

「どこに入った？」

入所中の施設で何かあれば、必ず近くの病院へ救急搬送される。

「大月総合病院」

「分かった。これから行くから。万里もお父さんと一緒に向かってね」

「うん、じゃあ向こうで」

病院を出てタクシーに乗り込む。

南武線で立川を経由し、特急「あずさ」に乗った。再び万里から電話が入った。デッキに出る。万里の声が聞き取れない。それは、電波が悪いせいではなかった。嗚咽で途切れて声にならないのだ。

「万里、分かった。もう何も言わなくていいから」

母が亡くなったのだ。それだけは分かった。

大月は雨だった。タクシーに「大月総合病院まで」と告げる。実感が湧かない。松風園に行けば部屋にいて、母は笑っているような気がする。何も考えられないまま、千晶は規則的に動くワイパーの音だけを聞いていた。

午後八時過ぎに、千晶を乗せた車は大月総合病院に着いた。

病室は個室だった。母はベッドの上で静かに横たわっていた。微動だにせず、穏やかな表情で。もはやモニターや点滴すらなかった。

完全に間に合わなかった――。

かすかに期待していた自分に気づく。最期を看取ることもなく母を亡くしてしまうことを予想してこなかった。激しい自責の念が湧く。父と妹はそのそばで悄然と座っていた。

部屋の少し離れた場所に立っていた中年の男性と目が合った。

「申し訳ありません!」

男性の胸元には「秋川《あきかわ》」というネームプレートが揺れていた。松風園の施設長だ。

万里が肩を震わせ、泣き始めた。父は下を向いており、表情が分からない。

そこへ三十歳くらいの若い医師が書類を手に入ってきた。

「救急医の吉岡《よしおか》です。経過をご説明してよろしいでしょうか？」

千晶たちは、医師を取り囲むように座り直す。吉岡はカルテに目を落とした。

「本日、松風園で夕食を召し上がっている最中に誤嚥《ごえん》されたとのことでした。当院へは午後五時三十分に救急車で搬送されましたが、到着時は意識がなく、脈も微弱でした。すぐに心肺蘇生を行いましたが……お役に立てず残念です」

吉岡は一礼した。父と千晶も「ありがとうございました」と頭を下げる。「お役に立てず残念です」という言葉を何度となく使ってきたが、言われる立場になったのは初めてだった。こんなにもつらい言葉だったのかと改めて思う。

「もしよろしければ、経過表です」

家族が医師だと知っているせいか、吉岡は蘇生処置の記録を見せてくれた。母の命は救ってもらえなかったが、相当な手を尽くしてくれたことは一目瞭然だった。

吉岡は、手元の書類を広げた。

「この死亡診断書の記載に間違いがあると役所で受理されませんので、ご確認いただけますでしょうか」

千晶は死亡診断書の文字をひとつひとつ目で追った。

母の名前は真野佑子《ゆうこ》、示偏《しめすへん》ではなくて人偏の佑。名前は合っている。

生年月日は、昭和二十二年七月十六日で間違いない。

死亡したときは、十一月十一日、午後七時三十分。

死亡したところは、山梨県大月市大月町花咲　大月総合病院。

死亡の原因は、Ｉ　直接死因：窒息、II　直接には死因に関係しないがＩに影響を及ぼした傷病名：認知症。

ふと見ると、隣にいる万里の体が小刻みに震えている。

「窒息？　なんで、こんなことに！」

万里が叫んだ。秋川施設長は黙って頭を下げ続けている。

「おかしい！　おかしい！　窒息なんて、おかしい！　ありがとうじゃないよ！」

窒息――。その苦しそうな文字を見ているうちに、万里の心の中で、何かが決壊したようだった。

「職員はちゃんと見てくれていたんですか？　病院はどうして救ってくれなかったんですか？　みんな、おかしいじゃないですか！」

万里の口から出た言葉は、クレーマー患者のそれに驚くほど似ていた。

「違うの、万里ちゃん。そうじゃないの」

千晶は、万里の腕を取った。子供の頃から「こっちを見て」というときの合図だ。

母は病気のせいで、物を食べるスピードが速かった。しかも、よくむせていた。医学的にも、いつ食べ物を気管に詰まらせてもおかしくない状況だったのだ。

「万里ちゃん、聞いて。病気のせいで、仕方がなかったことなのよ」

以前に受け持った患者が、ちぎった紙オムツを食べて喉に詰まらせたことがあった。母と同様の認知症だった。

そうした事故は、介護者が別の入所者の食事介助をしているちょっとした隙にも起きてしまう。マンツーマンでもなければ、二十四時間、完全に付きっ切りでいることなどできない。家庭であっても、同じように窒息は起こりうるものだった。

介護のプロに預けたのだから、本来はあってはならないことだ。けれど、仕方がなかったと言わざるを得ない現実があるのも事実だ。

何度も同じ言葉を繰り返す。

「お姉ちゃんはやっぱり冷たい。だって、だって、おかしいじゃない！」

母の死を受け入れられないのは、千晶も同じだった。けれど、違うのだ。食べ物を喉に詰まらせてしまう――それは医療や介護の限界を超えた、生物として生きる限界なのだ。

「家にいても、起きていたと思う。仕方ないのよ」

「嫌だ！　納得できない！　お母さんを返して。秋川さん、責任取って！」

「万里っ」

それまで黙っていた父が、万里を叱りつけた。

「いやだ。お母さあああん」

万里の声が糸のように尾を引いた。

三十分ほどが過ぎ、ようやく万里は落ち着いてきた。

「千晶、万里。お母さんを連れて家へ帰ろう。山を見せてあげよう」

父は、静かに言った。

「お父さんが悪かった。最後まで仕事ばかりで、お母さんのそばにいる時間を作らなかった」

父の言葉に驚いた。そんなふうに言うとは思わなかった。

母は仕事熱心な父を誇りにしていた。不満に思うことなど、あるはずがない。父が母といる時間を作らせなかったのは、むしろ自分だ。

第七章　日常

1

十一月の晴れた木曜日だった。忌引休暇を五日間だけ取り、夕刻、千晶は病院に戻った。院長と事務長に休暇を認めてくれた礼を言い、明日から勤務に入る意思を告げる。同僚医師や看護師にもあいさつし、千晶が担当している入院患者のその後の経過を教えてもらった。

佐々井記念病院を受診する患者は大きく減少していた。座間のブログによる執拗な攻撃に、陽子の死と金田の事件が続いて病院が機能していないという風評が加わったためだ。一連の騒動を、ゴシップに仕立てた週刊誌の記事も出たという。

「女医は自殺、モテ医は刺傷――クレーム集中病院に何が？」

派手な見出しを掲げた週刊誌の記事は病院名を伏せていたものの、特定されるのに時間はかからなかった。金田が患者に刺されて負傷した事件が実名で報じられたからだ。ネット上では「『クレーム集中病院』は川崎の佐々井記念病院」という情報が拡散していた。

患者数が五割近く減り、佐々井記念病院は静かというより、活気がなくなった。

帰り際、千晶は診療情報管理室に立ち寄った。どうしても確認したいことがあったからだ。

患者のカルテが五十音順に整理された棚の前に立つ。「さ行」の分類、「し」の仕切り板に近い位置から、座間のカルテを抜き出した。忌引で休んでいる間、自分の代わりに対応してくれた医師の名と受診内容を知りたかった。

――意外だった。座間は来院していない。最近はきっちり週二回のペースで千晶の診療を受けていた座間が、今週は一度も受診していなかった。

あれほど執拗だった座間が姿を見せていないのはなぜだろう。そう思った瞬間、千晶は恐怖に似た気配を感じた。明日は来る。自分を標的にして。背中がぞくりとする。それは予感を超えた確信でもあった。

がらんとした待合室を通り抜ける。夕闇に包まれた薄暗い長椅子に、ひとりの男性患者がぽつんと座っていた。寝間着姿で、病院の正面玄関をぼんやりと眺めている。東四病棟の認知症患者、西園寺だった。

過去に何度も「タクシーで家に帰る」と言い出し、介護職員の瀬戸と衝突して大きなトラブルになった例の患者だった。

千晶は西園寺の隣に腰を下ろし、そっと声をかけた。

「西園寺さん、そろそろ夕食の時間ですよ」

そう言っても、患者は正面玄関を向いたままだ。

「お部屋に戻りましょう」

西園寺はちらりと千晶を見ただけで、再び玄関へ目を戻す。今日は白衣を着ていなかったから、医療スタッフと認識されていないようだ。

「看護師さんを呼びますね」

「帰っ――」

西園寺は急に顔をこわばらせた。

からんだ痰を切るようにして言い直す。

「帰ってこんのだよ！」

「はい？」

「あの若い奴が、ずっと帰ってこんのだ」

あの若い奴――西園寺を介護していた瀬戸のことだ。

「瀬戸翔太ですか？」

西園寺は大きくうなずいた。彼はあの騒動の直後に病院を去っている。

「あいつ、どこ行った？」

千晶は西園寺の両手を取った。

「瀬戸は、どこか別の職場で頑張ってると思いますよ」

「けしからん！」

西園寺は大声を上げた。すぐにまた正面玄関を見つめ続ける。そこには、待ち人を見逃すまいという意思が感じられた。

「あれは息子なんだ。あいつがいなければ、ここにいる意味がない」

西園寺が悲しげに目を伏せた。認知症のために事実関係を誤認しているが、心情はよく分かった。

「大切な息子さんなんですね」

西園寺は急に目を潤ませた。

「あいつはまだ子供だから、面倒見てやらんと……」

「そうですか。ご心配ですね」

きつく閉じられた西園寺の瞼から、滴《しずく》がいくつもこぼれ落ちてきた。

「会いたいよ」

「お部屋に戻って瀬戸に手紙を書きましょう。私がお手伝いしますから」

千晶は、西園寺の背中にそっと手を当てた。

2

翌日の朝は冷え込みが厳しかった。病院へ続く坂を上ると、息がうっすら白い。

今日は座間が来る――。千晶はシステマの呼吸で、緊張を外気に解き放った。吉良に教わった息づかいが目に見える。

普段と同じ午前七時半、待合室の長椅子には十人ほどの患者が座っていた。一連の騒動で随分減っている。

千晶は患者ひとりひとりに笑顔を向けて待合室を抜けた。駆け足で病棟の回診を終え、早めに外来診察室へ入る。受診予定の患者カルテをチェックするためだ。

ほんの少し離れていただけなのに、外来診療を行うのは久しぶりの感覚だった。

午前九時、いよいよ時間だ。

「今日もよろしくね」

看護師に声をかけ、気を引き締める。

ひとり目の患者をブースに招き入れて診察を始めた。そのときだ。

「いやだっ」

「な、何だ、あいつは――」

待合室から悲鳴が聞こえた。何かトラブルが発生した模様だ。

「……患者様、困ります。そんなところに立たないでくださぃ」

美咲が説得している。患者が問題を引き起こしたようだ。

「ま……のちあ……きぃ」

座間だった。千晶を呼んでいる。粘りつくような太い声が耳にからんだ。

「患者様、困ります」

「出て……こい。まのちあきぃ」

やはり自分を呼んでいる。

システマの呼吸に集中した。

陽子の顔が浮かぶ。声が聞こえる。安心して頑張って――と言っている。

緊張感はあった。だが、以前のようにやみくもな恐怖心はない。

彼は何を求めているのか？　何が座間を問題行動に走らせてしまったのか？　千晶は、それを知りたかった。

「……すみませんが、ちょっとだけお時間をください」

千晶は目の前の患者に頭を下げ、静かに立ち上がった。

「真野先生、ここは事務局や警備員に任せた方が……」

引きとめようとする看護師に、千晶はかぶりを振った。

「私が行きます。行って見つけなければ――」

医療の場に、疑心が渦巻いている。患者が医師に不信を抱いている。医師が患者におびえている。患者がクレーマー化し、さらにモンスター化するのはなぜか？

座間の気持ちに決着をつける道があるのなら、それを一緒に見つけたいと思った。座間の山を登るには、それしかないからだ。

千晶は診察室のドアを開ける。

座間は、テレビが置かれた大型キャビネットの上に乗り、仁王立ちになっていた。そこから血走った目で千晶をにらみつけてくる。

「座間さん、ここは患者さんを癒す場です。どうして病院を荒らすんですか？」

座間は何も答えず、なぜか安堵したようなため息をついた。その直後、座間が大声を上げ始めた。

〈上を向いて歩こう

涙がこぼれないように〉

耳を疑った。何をがなり立てているのかと思えば、それは――歌だった。

長椅子に座る他の患者たちを見下ろしながら、テレビのリモコンをマイクのように握って歌い続ける。座間の奇妙な行動を前に、千晶も患者も他の医療スタッフも、誰ひとり動けずにいた。

〈幸せは雲の上に
幸せは空の上に〉

この状況で、座間は何を考えているのか。

〈一人ぼっちの夜〉

歌い終えた座間は、「やっと終わる」とつぶやいた。

そのとき、地鳴りがした。地震を思わせる強い衝撃とすさまじい轟音だった。

いや、地震ではない。何か巨大なものが病院に飛び込んできた。

ガラスが一面に飛び散り、待合室の椅子が強烈な力で押し寄せてくる。受付カウンターが、奇妙な形にゆがめられた。クラクションが鳴り響く。

待合室の中央には、フロント部分が大破した一台の外車があった。イリジウムシルバーのボディーは無残な姿をさらしていたが、「スリーポインテッド・スター」のエンブレムは威容を保っていた。

「お母さん、お母さん！」

「痛ぁいよぉ」

「大丈夫ですか？　しっかりしてください」

「助け、て……」

「担架、持ってきて。大至急！」

「血が、血があ……」

「息をして。酸素、酸素！　早く！」

車が病院の待合室に突っ込んできたのだった。

多くの人が事態に動転し、正常な行動を取れない。悲鳴と怒声、逃げ惑う人々に押されながら、千晶は反射的に救助に当たっていた。

車の運転をしていたのは、佐々井記念病院の通院患者、浅沼知恵子、六十八歳。九月中旬に千晶の外来を受診した際、認知症の検査を拒絶して席を立った患者だった。病院の正面玄関に車を駐めようとした際、アクセルとブレーキを踏み間違えるという致命的な運転ミスを犯したのだ。

知恵子が引き起こした事故で、待合室にいた患者三名が亡くなり、十一名が重軽傷を負った。座間は意識不明の重体で隣接市の市立病院へ救急搬送された。

3

佐々井記念病院に認知症患者の暴走車が突っ込み、患者十四名が死傷した事故はマスコミに大きく取り上げられた。

注目度の高い死傷事故ということもあり、神奈川県警の新川崎警察署は入念な現場検証と、発生時の状況や原因の究明を行った。その延長線上で、座間による「犯罪行為」についても刑事課が捜査に入った。

「新川崎署の奴ら、随分と息巻いてほじくり返していきましたよ。真野先生、説明《レク》しましょうか」

刑事たちの出入りが一段落した数日後の夕刻、千晶は警備室前で蓮見に声をかけられた。

「立件可能かどうかは別にして」と前置きされたものの、警察は住居侵入罪、暴行罪、脅迫罪、偽計業務妨害罪、強要罪、名誉毀損罪、侮辱罪、ストーカー規制法のつきまとい行為――などの容疑を視野に入れているとのことだった。

「まあなんというか、座間って男もいろいろあったみたいだね」

蓮見は千晶に茶をすすめながら話を続けた。

座間は、高校を中退したあとに川崎市内の金属加工工場で職を得、長年にわたって勤務してきた熟練工だった。親ひとり子ひとりで、暮らしは外から見ても貧しくつましいものだったという。仲睦まじい様子は、自宅アパートの周辺に古くから住む住民たちの間でも評判だった。けれど、母が介護を必要とするようになってから、座間親子の生活は一変する。座間は数年前に工場を辞め、母親の介護をひとりで行った。定期収入の道が閉ざされ、生活は一気に切り詰められてゆく。食事は、もっぱら古々米のみ。母親には煮た米だけを食べさせていた。やがて座間は、常にイライラするようになった。夜間に何度も母親に起こされていたようだという近隣住民の証言も得られた。

刑事たちが捜索に入った際、部屋には母親がひとり取り残され、室内には糞尿のにおいが立ち込めていた。洗濯もとどこおり、浴槽には何年も入った形跡がなかった。千晶が処方を強要された睡眠薬は、寝室から大量に見つかった。心配したような横流しはなかった。

「いまどきですよ、携帯電話もない、固定電話は外されたままっていう生活だった――ってんですから。真新しいパソコンとデジカメだけはあったという報告ですが、テレビは旧式のアナログで地デジ放送を受信できなかったって。そんな暮らしだったそうです」

息子が瀕死の重傷を負って入院したことで、座間の母親は施設に入り、十分な介護を受けられるようになった。皮肉な結果だ。

介護者ひとりでは、できることに限りがある。以前、座間に対して民生委員が生活保護の申請を何度かすすめたことがあった。さらに介護関係の福祉を利用すれば、ヘルパーを付けたり、入浴介助を受けることができる。将来的には施設に入るのもスムーズになるだろう、と民生委員は説明したらしい。だが、当時の座間は「生活保護は恥ずかしい」とかたくなに申請を拒んだ。母親自身も「他人を家に入れるのは嫌だ」と、短時間のヘルパーさえも受け入れなかったという。

もともと座間には糖尿病の持病があり、インスリン治療を受けていた。他にも高血圧や狭心症、腰痛などの持病を抱え、複数の病院を受診していたという。だが、新川崎署の捜査員が、川崎市内や隣接する横浜市の病院を訪ね歩いてカルテの照会と聞き込みをしたところ、受診歴はあっても過去に問題行動を起こした事実は報告されていなかった。

座間は、治療代の踏み倒し、暴力、コンビニ受診などといった行為を働く典型的なクレーマー患者ではなかった。母親の介護負担によって何かの歯車が狂い、もって行き場のない苦しみが病院に向かったのか。

「いわば社会が生み出したクレーマーなのかもしれませんね。いずれにしても警察は座間本人の回復を待って、容疑の当否について取り調べることになります。それにしても真野先生にとっては災難でしたな」

蓮見は満足そうに笑う。千晶は礼を言って警備室を辞した。

4

佐々井記念病院の正面玄関に、少々気の早いクリスマスツリーが飾られた。

医師二名の欠員や患者の減少だけでなく、待合室が破壊されたという事態に、佐々井記念病院は診療体制を縮小する方針を決めた。ひとまず救急外来の中止が決定される。

勤労感謝の日の午後、千晶は久しぶりに金田の病室を見舞った。救急外来の中止方針などについて金田に報告する。情報通の金田は「先刻承知だよ」と、訳知り顔だった。

千晶は蓮見から聞かされた話を思い出しながら、座間が問題行動に走った背景なども詳しく説明した。

あくびを噛み殺しながら聞いていた金田は、途中から疑わしそうに何度も鼻の頭にしわを寄せた。

「千晶ちゃんさあ、おかしくないか？　その警察の話」

金田が馴れ馴れしい口調に転じた。この話し方をするのは自信のあるときだ。

「定期収入のない座間が、他院《よそ》でインスリン治療を継続してたって？　ほんとかよそれ。そんなカネ、どこにあったんだ？」

糖尿病のインスリン治療は費用がかかる。薬剤費だけでなく、血糖をチェックするための検査紙や採血針、指導料なども加わるからだ。毎月の受診で三割自己負担としても、一万円程度になる。生活に困窮している患者の中には、インスリン注射の回数を減らしたり、薬を間引いたりして病気を悪化させてしまうケースすらある。いわゆる「医療貧困」「健康格差」と言われる社会問題だ。もちろん生活保護を受けていれば、かかった医療費を負担する必要はないが、座間は受給申請を拒んでいた。

「インスリンの他に、高血圧や狭心症なんかでも他院を受診していた？　佐々井《う》記念病院《ち》の眠剤処方は、せいぜい千円の自己負担だったけど、合計すれば毎月の自己負担額は二、三万になったんじゃないか。無職の座間には、結構な金額だぞ。カネがないっていう点では、高級ブランドのリュックサックや、干物を買うための小田原行きも怪しいなあ……」

「なるほど……」

金田は天井を見上げ、首をひねった。

「もうひとつ、座間の行動もヘンだよ。彼は、千晶ちゃんが忌引で休んでいる間は攻撃をしかけてこなかったって？　なんで休暇を知ってんだ？　そもそも最初に院内で声をかけてきたときから君の名前を知ってた理由は?」

金田は意外なことを言い出した。

「……どういうことですか?」

金田が、再び唇の片側を上げ、にやりとした。

「素直に考えれば一番簡単なのは、佐々井《う》記念病《ち》院の内部に協力者がいたってことだろ」

まさか——考えたこともない指摘だった。

「ところで糖尿病と言えば、おい、あそこだ」

「大原中央病院?」

「そう。大原中央病院は糖尿病センターと称する受け皿を作り、教育入院や合併症検査などを含めて手広くやっていたけど、診療報酬の水増し請求問題で袋叩きにあって、いまや窮地だ」

「そうだとして、何か?」

「事務局主任の沼田は、大原中央病院からの転職組だ」

「まさか、沼田主任が関係しているの?」

千晶の言には耳を貸さず、金田は腕組みをした。天井を見上げてうなり声を出す。

「テーブルの上にあるタブレットを取って」

タブレット端末を起動させた金田は、素早く画面をタップし、キーワードを入力していく。たどり着いたウェブサイトは、座間のブログ「正しい医療を願う」だった。

「どうしたんですか？」

金田は無言で画面のタップとスクロールを繰り返した。ひとりで何度かうなずいたあと、勝ち誇ったようにタブレットを掲げて千晶に見せた。

「ブログのここ、千晶ちゃんの美しい写真が載ってるよね」

ピントの甘い、ひどい写真だった。輪郭がぼやけ、写真としては最低の部類だろう。

「廊下にある写真を複写されたんだと思いますが……」

「違うね」

金田が妙にきっぱり言った。

「この写真、半分目をつぶってるぜ。こりゃあ、医局員紹介用に使える写真じゃない」

言っている意味が分からなかった。

「金田先生、でも白衣の下に着ている服の色とかは同じなんですが……」

「別カットだよ。佐々井《う》記念病《ち》院に入ったとき、事務局で何枚も撮られただろ？」

確かにその通りだった。若手の職員に、スマートフォンで何カットも。「一番写りがいい写真を使いますからね」と言われて――。

「いいか千晶ちゃん、ここで別のアプリを起動する」

そう言って金田は、画像の情報を一覧表示するアプリケーションソフトを開いた。

金田によると、ツイッターやフェイスブックなどは、アップされた画像の撮影情報が自動削除される機能を有している。だが、座間が利用していたブログのサービスには、こうした削除機能が搭載されていないのだという。

「これを使うとね、デジタル写真の画像ファイル規格《イグジフ》に埋め込まれた撮影データが、まる分かりになる訳よ。『メイン情報』から『サブ情報』を閲覧していくと……」

金田が指さした先に、撮影データの詳細が表示された。カメラのメーカー名から解像度、著作権などに続いて、「オリジナル撮影日時」の記述があった。

「あっ！」

その日付は、今年の四月六日となっている。佐々井記念病院に入職したその日の日付だった。病院の廊下に掲示された写真をあとから座間が接写したものではなかった。

「驚きました。でもあの日、写真を撮ってくれたのは沼田さんじゃなくて……」

「アップしたのは彼だよ。病院内で画像のデータ管理を一手に引き受けてるから」

「なるほど」

千晶は思い出した。陽子の葬儀に使われた遺影だ。あれも、沼田が保管データから加工を施して作り上げたものだと美咲が話していた。彼自身の「得意ワザ」として。

「もうひとつ、見る？」

金田は画面をスクロールし、ブログのタイトルに戻った。ヘッダーには、病院の手術室の画像がアップされている。天井の照明や背景の機器類からして、設備は佐々井記念病院のものではない。

「この画像をまた、さっきのアプリで見てみると……」

先ほどと同様の解析画面が現れた。

「『サブ情報』に続いて出てくるのが『ＧＰＳ情報』ね。画像を撮影した場所の緯度と経度が表示されているけど、ここからデジタル地図へジャンプする。ほい！」

タブレット全体に地図が広がった。地図の上には、撮影場所を特定する小さなデジタル・ピンが見える。金田が地図のスケールを大きくしていくと、周囲の建物の名前が読めるレベルにまで拡大されていく。鉄道の駅名、銀行の支店名、オフィスビルの名称……。地図の中央部で大きくズームアップされた四角い建物には、「大原中央病院」という名前が記載され、その一角に、先ほどのデジタル・ピンがちんまりと刺さっていた。

「どう？　合わせ技でビンゴ、といったところだろ？」

金田が唇の片端を上げつつ千晶を見た。

「つまり座間は、佐々井記念病院と大原中央病院の、内部関係者でなければ持ち得ない写真を提供されていた、ということですね？」

「そう。その両方にアクセスできた内部者は、沼田主任だけ」

5

翌月、佐々井記念病院の正面玄関には、一枚の断り書きが貼り出された。

〈お詫び・当院職員の逮捕について〉

このたび、当院事務局主任の沼田晋也が、当院に対する偽計業務妨害容疑（教唆）等で逮捕されるという事態が発生いたしました。

当院の職員が、こうした事態を生じさせたことについては大変遺憾であり、日頃当院を信頼していただいている患者様に対して誠に申し訳なく、また関係の皆様には多大なるご迷惑をおかけし、心よりお詫び申し上げる次第です。

このような事態が発生したことを厳粛に受け止めるとともに、今後は、高い職業倫理の確立やコンプライアンス意識の向上を一層図るべく、教育を再徹底し、信頼の回復に全力で努めてまいります。

佐々井記念病院　院長

その脇には、一枚の新しいポスターも掲示されていた。

〈患者様へのお願い〉
一、治療費を払いましょう。
二、医療関係者への暴言、暴力は行わないでください。
三、医師への執拗な面会請求は慎みましょう。
四、「コンビニ受診」は他の患者様への迷惑になるのでやめましょう。

佐々井記念病院　院長
安心・安全診療推進委員会委員長
(旧・患者様プライオリティー推進委員会委員長)

こんなポスターが必要になるなんて、いったい病院と患者の関係はどうなってしまったのだろう。千晶は、暗澹《あんたん》たる気持ちになる。

「おはようございます、真野先生」

病院入口のポスターに見入っていると、いつの間にか蓮見がそばにいた。

「おはようございます。これ、ご覧になりました？」

ポスターを指し、肩をすくめる。蓮見は、しかめ面でうなずいた。

「院長もおつらいでしょうなあ」

蓮見はポスターを眺めつつ、ため息をついた。

「あんなに患者のことを考えている院長に、ここまで言わせるなんて。真心っていうのは、なかなか伝わらないもんですなあ」

蓮見と院長は古くからの知り合いだったという。父親同士が同郷の囲碁仲間であったらしい。

「ところで先生、私、年内一杯で辞めることにしました」

「え？　どうして……」

またしても支えてくれる人が去っていくのかと、心もとなさを覚える。

「実は、田舎に戻って母の世話をしなければならんのです。定年後にせっかく佐々井院長に拾ってもらったんですがね」

蓮見の視線が遠くへ向く。

「おふくろは九十二歳になるんです。これまでは近所の人の世話になっていたんですが、その人たちも高齢化して、いよいよ限界なんです。親孝行らしいこともしてこなかったんで、今回は思い切って帰ろうと思いまして」

「どちらへお帰りになるんですか？」

「徳島の上勝町です。老人ばかりの地域で、介護してくれる若者がいないんです。たまに自転車で走っている人がいて、若い女性かと思って見たら三歳上のいとこだったりして、大笑いですわ。介護は身内が何とかするしかないですな」

気持ちの整理がついているのだろう。蓮見は穏やかにほほ笑む。

「そうですか。寂しくなります。とても頼りにしていたので」

「ありがとうございます。ご安心ください。若手にちゃんと引き継ぎます。もし何かあったらいつでも電話してください。デカとハスミ……です」

蓮見は、電話番号を書いた紙を千晶に渡した。

「いつかぜひ遊びに来てください。スダチやシイタケ栽培が盛んなただの田舎ですが、のんびりできる場所ですから」

「ありがとうございます。どうかお元気でいらしてくださいね」

千晶はもらった紙を二つ折りにして、胸ポケットにしまった。

6

外来診療はすんなり終わり、病棟が荒れることもない一日だった。千晶は今年最後のシステマのクラスに定刻に駆け込む。今日のテーマワークは「マス・アタック」だ。

はじめに受講生十二人ほどが輪になって歩く。すると中央に立つ吉良が、受講生に棒や素手で殴りかかってくる。それでも変わらぬ精神状態を保って歩き続ける訓練だった。

「僕の攻撃を、ハエを追い払うようにかわして。そして、平然と歩き続けるんだ」

目の前に一瞬、棒が遮断機のように差し出されただけで、誰もが軽くパニックになる。大きく迂回する者、力ずくで払いのける者、額をぶつけてしまう者もいた。あわてている様子は一目瞭然だ。平常心を維持するのは、思ったほど簡単なことではない。気持ちを落ち着けるために呼吸法を繰り返す。

続いてのワークは、人間の包囲網から抜け出す訓練だった。三人一組になり、ひとりを閉じ込める。うまく抜け出せれば成功だ。次に四人一組、六人一組と訓練の難度を上げていき、最後に十二人一組となる。こんな人の檻から脱出できる訳がないと思っても、呼吸法をしながら落ち着くと、力のベクトルが向かない小さな隙間が見つかり、軽く抜け出せる場所があるものだ。

「このワーク、日本人なら毎日の通勤で訓練してるから得意だろうってロシア人の師範が言ってたよ」

吉良が愉快そうに笑う。

どんなアタックを受けようが平然と自分の行くべき道を歩む——ワークに取り組みながら、自分の理想とする仕事のスタンスが見えてくる。

「犬が吠え、風が伝える。だが、キャラバンは進む」

いつか吉良に教えられたロシアの諺が胸に浮かんだ。

最後に全員が大きな輪になった。

「来年も頑張ろう！」

吉良がひとりの受講生の肩をストライクする。受講生はそのストライクの熱を届けるように隣の人の肩にストライクし、その次もまた……。ストライクの優しい波動が千晶にも伝わってきた。

7

金曜日に休暇を取り、千晶は実家へ帰った。

二日後には母の四十九日の法要を迎えるというのに、実家は母の物であふれている。万里は、遺品を見るだけで泣けてくると言い、とても捨てられる心境にはないようだ。

千晶は、母の下着や古い洋服、雑誌や新聞紙などをゴミ袋に入れていった。母は穴の空いた靴下をつくろってはいていたのに、押し入れからは新品の靴下が何十足も出てきた。使い切れないほどの紙袋や箱もあった。中には躊躇《ちゅうちょ》する品もあるが、処分しない訳にはいかない。

「お姉ちゃん、そんなに簡単に捨てないで！」

万里が半泣きで抗議してきた。そもそも母は一年以上も施設にいたのだから、整理できていない方がおかしい。千晶はいずれ自分が実家に戻ることも考え、できるだけ片付けておきたかった。

「こんな物まで、お母さんの形見扱いするわけにいかないでしょ。私たちは新しい生活を始めなくてはならないんだから」

千晶は空の箱を次々につぶしていく。万里は長い息を吐いた。

「どうしてお母さんが袋や箱をこんなに取っておいたか、お姉ちゃん分かる？」

「昔の人によくあるじゃない。もったいないから、でしょ？」

千晶は、和菓子の大きな箱をつぶしながら適当に答えた。

「全部、お姉ちゃんに食べ物を送るためだったんだよ」

手が止まる。クリ、カキ、キンカン、モモやブドウ、トウモロコシなどを母は本当によく送ってくれた。ときにはクール便で、豚の角煮やエビシュウマイ、ひじきの煮物など、お手製の品を冷凍したものも届いた。

まだ母が元気だった夏の日のことだ。送られてきた食品でマンションの冷蔵庫が一杯になり、どうしようもなくなった。それなのに、さらに「もろこし」と書かれた不在連絡票がポストに入っていて、途方に暮れた。

「前にも言ったけど、食べ切れないから、もう送らないで」

そう電話で話したが、母は「ご近所さんにあげればいい」と、意に介さない。

医師になってまだ数年という時期だ。忙しくて近所付き合いどころではなかった。それに、少し前に送られてきた大量の野菜や果物も、傷みかけていた。

「野菜も果物も、こっちで買えるから要らないのよ。荷物を受け取る時間を調整するのも大変だし、本当に困ってるのよ」

しばらく間があり、母がつぶやくように言った。

「……迷惑かけてるとは思わなかった」

それから母は、野菜や手作りの冷凍食材を送ってこなくなった。

心ない言葉を吐いてしまった思い出がよみがえり、胸が締めつけられる。謝りたかった。けれど、謝るタイミングを逃したまま母は認知症になり、もうそんな話ができなくなってしまったのだ。

「お母さんには、いろんな物送ってもらった。そうだったね、ごめん」

千晶は残りの箱をそのままにし、片付けを終了した。

思い立って冷凍庫を開けてみる。普段使いの冷蔵庫とは別に、お手製の冷凍食材をストックするだけのために使っていた上開きの冷凍庫だ。中にはほとんど何も残っていない。いや、奥の方に何か黒いものが入った小袋があった。手を伸ばして引っ張り出してみる。

袋には、塩漬けの葉が何十枚も入っていた。ほんのり桜の香りがする。

「桜餅用に」と母があちこちで摘んでいた桜の葉だ。

母がこしらえてくれた桜餅。その餡《あん》の柔らかな甘さが思い出される。

「しっかり食べなさい」と、子供の頃から何度母に叱られたことか。そして、桜餅を食べる千晶をどれほど嬉しそうに見ていたことだろう。

桜の葉を少し切り取って口に入れた。ひどくしょっぱい。けれど口から出さずに嚙み締める。自分を罰したかった。もう一枚、口に押し込む。舌がじんとしびれてきた。

「――ごめん、お母さん。ごめんなさい」

千晶は冷凍庫の前に座り込んだ。

台所の時計が鳴る。三時だ。もうそんな時間か、と千晶は立ち上がった。診察室をのぞくが、父はいない。

「お父さん、どこだっけ？」

万里が読んでいた分厚い本を閉じた。

「いつもの裏庭だと思うよ。法要の打ち合わせ？　私も行く」

診療所からそう遠くないところに、静かな場所がある。通称、裏庭だ。万里とそこをめざしてゆっくりと歩いた。

万里が何気ないふうに言った。

「お母さんは、お姉ちゃんの方が好きだったんだよ」

思ってもみない指摘だった。

「え？　そんなことないでしょう」

「そうだよ。お姉ちゃんのことばっかりほめてたし」

「たまに帰るから、リップサービスみたいなものだったんじゃない？」

万里が、違うとでも言うように首を左右に振る。

「好かれてもいないのに、どうして私ばっかりお母さんの面倒を見てるのかなって思ってた。

そばにいれば、いつかお母さんは私の方を好きになると思ってた。でも、お母さんが自慢するのはお姉ちゃんばっかりだったよ」

母のことになると、万里がいつも電話口でいらだっていた理由が理解できたような気がした。母に求められているのは自分ではないという腹立たしさと、母の望みを叶えてあげたいという思いが重なっていたのだろう。

「絶対にそんなことない。お母さんは万里のことを誰よりも頼りにしていたよ。分かってたでしょ？」

万里は「それは言えてる。変な買い物、いっぱい頼まれたし」と、まんざらでもない表情になった。その顔を見て、千晶は少し心が和らぐ。

「ほらね。じゃあ私も言わせてもらうけど、お父さんは万里の方が可愛いんだろうなって思うよ」

「まさかあ」

万里が意外そうな声を出した。

「そうだよ。私が医者になったのは、気持ちのどこかでお父さんに認められたいって思ったからかもしれない」

千晶は口にして、初めて自分のもやもやした気持ちの正体に気づいた。

「お姉ちゃん、それ勘違いだよ」

「万里もね」

「お姉ちゃんもね」

「万里も」

二人で肩をぶつけ合いながら歩き続ける。お互い、何か思い違いをしていたようだ。

五分ほど歩き、裏庭に着いた。そこには人の背丈の二倍くらいある壁のように切り立った断崖がある。小さな滝が流れ落ち、岩に打ちつけていた。その先には滝壺があり、透き通った水をたたえている。

父は滝壺の前にあるベンチに座っていた。父が作ったベンチだ。万里とともに、父の隣に座った。澄んだ空気はスッキリと冷え、心地よいほどだった。

父は、二人とも来たのか、というように眉を上げて少しほほ笑み、また水面《みなも》に目を戻した。三メートルの高さから水が落下する音が絶え間なく続く。かすかな苔のにおい。かさかさと落ち葉を動かす風の音。雲の形が目まぐるしく変わる。

しばらくすると、父は大きく息を吐いた。

「本当に、危なかったなあ」

千晶の腕をポンポンと叩いた。まだ千晶がこの世にいるのを確かめるかのように。

座間は事務局主任だった沼田の命を受けて、クレーマー行為を請け負っていた。それは、佐々井記念病院の中で最も若い女性医師という「ソフトターゲット」に標的を絞って圧力をかけて病院の診療環境を悪化させ、長期的に病院経営を揺るがすことが目的だった。だが、座間自身は事故から三十五日が経過しても、意識不明の状態が続いていた。

ほとぼりがさめたタイミングで佐々井記念病院を離れれば、大原中央病院が上位のポストと収入で処遇してくれる——。沼田は大原の幹部とそんな密約があったと証言したが、これまでのところ立証はされていない。

座間が得た「報酬」は、糖尿病など高額な自分自身の治療代、それに母親の医療や介護費用を無料にするというオファーだった。大原中央病院は、座間の母親を療養病棟に受け入れ、完全看護を提供する案も提示していたという。

座間は最後に「こうするしかなかった」と言った。あれは、そういう意味だったのか。上を向いて歩こう——座間の歌声が頭にこびりついていた。

都市部では、病院間の激しい生存競争と淘汰《とうた》が繰り返されている。今回はそれを象徴するような事件だった。

「たとえば患者さんが怒り出したとき、お父さんはどうするの？」

千晶は呼吸法で気持ちを落ち着ける以外、ちゃんとした答えが見つかっていない。

「怒っている患者がいるのか？」

「うん、いる。すごくいっぱい」

「そうか……その患者からはよく話を聞いたのか？」

「もちろん聞いたよ」

当然だと思いながら答える。

「……聞いても、言いなりにはなれないけれど」

困った患者たちを思い出す。

「もちろん、何でも言いなりになってはいけない。でも、どうして怒るのか聞いてごらん。何か不安なことがあるとか、他のことが見えてくると思うよ」

父は空を仰ぎながら言葉を続けた。

「お父さんもな、東京の大学病院にいたときは、論文や医学書の執筆に、それこそ夢中で取り組んだよ。医局の教授にも可愛がられていたから、あのままいれば出世してただろうな」

初めて聞く父の若い勤務医時代の話だった。

「特殊な癌がなかなか分からなくて苦労していたんだ。その患者は診断が遅いと不満そうだった。だからね、やっと診断できたときは思わず『よかった』ってつぶやいてしまった。患者にとっては決してよくないことなのに。その直後にひどく自己嫌悪した」

難しい診断をつけたときの喜びやほっとした感情があるのはよく理解できた。

「治療法もない病気を見つけ出すことにどんな意味があるのか分からなくなったんだ。実験や論文はいつか実を結ぶかもしれないけれど、そうでないことがほとんどだった。そんな頃、この地域で医師を募集していたんだ。見学に来て、直感したな」

「何を？」

「ここが、自分の場所だって」

自分は父と同じだ、と思った。千晶が大学病院から市中病院へ移ったのも、特殊な患者ばかりを診て論文をまとめる日々に違和感を覚えたからだ。患者を診て治療するという、シンプルに思い描いていた医師像に立ち返りたいという思いが募った。患者を大切にする病院として評判だった佐々井記念病院の掲げる理念にほれ込み、千晶は就職したのだ。

父と母が東京を離れてこの地に診療所を開いたのは、三十四年前。千晶はまだ二歳だった。

「あの頃、お母さんと、よくここに座っていた」

「このベンチに？」

「ベンチは後から作ったんだ。最初は、キャンプ用の椅子を持ってきてね。千晶は、いつも周りを走り回っていたよ」

「へえ」

ただの草地に椅子が置かれ、やがてベンチに替わる。そこに両親が座り、幼い私たちが加わってきたのだ。

「論文に取り上げた患者のほとんどは、一年と持たずに亡くなる。どの家族からも非難の目を向けられたよ……。だが、患者が死んでつらいのは、医者も同じだ。それをなかなか分かってもらえなくて、しんどかったな」

「分かる――患者さんから恨まれるのは私もつらい」

滝の音が強く聞こえる。父は静かに目を閉じた。

「つらいときは、いつでもここに来て座りなさい。それだけで穏やかな心になれるから」

父の言う通りだった。目の前で輝く水がどんどんあふれ出る。それを見ているだけで自然の営みを感じ、自分もその一部として生かされているのを感謝したくなった。

「昔、お母さんに『この頃優しい顔になりましたね』って言われたことがある。診療所を始めて、二年目に入ったばかりの頃だ」

母も、東京で父が険しい表情で仕事をしていたのを案じていたのだ。

「どうしてだろうねって尋ねたら、お母さんがびっくりするくらい笑ったんだ」

どちらかと言えば母は、静かに笑みを浮かべているタイプだった。

「お母さん、それでなんて言ったの？」

「そんな簡単なことが分からないんですか、って」

父はまぶしそうにほほ笑む。

「ここに千晶がいるからに決まってるじゃないですか。それに、家族がもうひとり増えますよ——って言った」

風がやわらぎ、冬の陽が水面に乱反射する。幸せそうな母の姿が目に浮かんだ。

「お母さんはね、よく笑う人だった。そして毎年、ちょっとずつきれいになったな」

父は照れもせずに言った。

山梨に移り住んだ翌々年、母は妹の万里を産んだ。そうして七十歳で亡くなるまでの三十四年間、家族と診療所を笑顔で支えたのだ。

「この町に来た頃のお母さん、いまの私と同い年だったんだね……」

いまさらながらのめぐり合わせに、千晶は驚く。

激しい鳥の鳴き声がして目で追った。どこから集まってきたのか、一本の木におびただしい数の小鳥が群れていた。

突然、父は真剣な表情を千晶に向けた。

「千晶、もしお父さんが突然死んでも、驚かなくていい。それは、授けられた寿命だ。そういう運命だったと思えばいい」

千晶は、父の真意を読み取ろうと顔を見つめる。

「ここでたくさんの人々を看取ってきた。それで分かったのは、人はいつか必ず死ぬということだ。だから、治すための医療だけじゃなくて、幸せに生きるための医療を考えてきた。たとえ病気があっても、その病と共存して、最後まで心地よく生きられるような治療を誠実にやってきた。その先に死があっても、それは受け入れる」

千晶は目を閉じる。父はとても大切なこと、医療の本質を言い当てているような気がした。

「死を納得するのは時間がかかるから、無理はしないでいい。でも、その死が運命だったんだって気づくと、自分が少し楽になれる。お母さんも、窒息はきっかけに過ぎなかった。お母さんはきちんと天寿を全うしたんだ」

滝の音が増したように感じる。千晶は、父の腕を取った。

「千晶は、誠実に患者を癒し続ける人でありなさい。その医療が、いかにささやかであろうが、愚鈍に見えようが、誤解を生もうが、力不足であろうが、それでいいんだ」

父の言葉を一〇〇パーセント理解できたかどうかは分からない。だが父は、自分を一〇〇パーセント受け止めてくれていると千晶は感じた。

「ささやかな医療であっても、誠実ならばその気持ちは必ず患者に伝わる。愚鈍に見えても、いつかそれが王道だと知ってもらえる。誤解を生んでも、時を超えて理解されるときがくる。

力不足だったという経験を糧《かて》に、精進すればいい。最初から完璧な医師なんていないんだから」

　父の言葉がひとつひとつ心に入ってきた。

「どんなふうに思われようが、何があろうが、それでも患者に誠実な医師でいなさい」

　胸の奥に熱いものがこみ上げてくる。父のような医師になりたい——千晶は素直にそう思った。

「私、こっちに戻る。真野診療所で働くよ」

　それを聞いて、万里が鋭い声を上げた。

「お姉ちゃん、何言ってるの？」

　思いがけない反応だった。きっと決心が遅かったことを怒っているのだ。

「万里ちゃん、いままで任せっぱなしにしていてごめん。これからは私も頑張るよ」

　千晶は手を合わせた。けれど万里の表情は硬いままだった。

「高度な設備も何もない古くさい医院だから、学ぶものなんて何もないって言ってたじゃない」

　思わぬ形で万里に責められ、千晶は狼狽する。

「ここでなら医療の本質を教えてもらえるような気がして……」

「お姉ちゃんは向こうの病院が嫌になったから帰ってくるんでしょ。でもね、そんな人に帰ってきてもらっても困る。私、次はお姉ちゃんの世話をするなんて嫌だからね」

「何、それ？　帰ってこいってあんなに言ってたのは万里じゃない」

いったい万里は何に怒っているのか。

「私はお姉ちゃんみたいに自分中心で逃げたくない。お父さんを助けたいから残っているのよ」

聞き捨てならない言葉にカッとなる。

「私は逃げたりしてないよ」

父が「やめろ」と低い声で制した。

「千晶、お前はもっと人の言葉に耳を傾けなさい。一方通行の聞き方では、いい医療はできないよ」

「え？　一方通行の聞き方――」

自分は、十分に聞いてきたと思っていた。患者の声も、そして家族の声も。

「聞くというのは、相手を受け入れること、病んだ人を見放さないというメッセージを自分からもしっかり返すことだ。表面的に合わせているだけではダメなんだ。ちょっと人に何か言われただけで腹を立てたり、怯えたり、傷ついてしまうようではまだまだ聞ける状態じゃない。まずは誠実に耳を傾けてごらん」

「腹を立ててなんか……」

いや、絶対に腹を立ててこなかったと言い切れるだろうか。少し自信がなくなる。怯えたり傷ついたことは何度もあった。そういう感情が千晶の耳を塞いでいたというのか。

「千晶はもっと勉強してきなさい。こっちはまだ頑張れるから」

「でも、万里だけじゃあ……」

早くここに戻って、自分が仕事をした方がいいに決まっている。

「未熟な医者に来てもらっても、役に立たない」

「お父さん……」

まさか父にそんなことを言われるとは思わなかった。

「焦らなくてもいい。診療所のことは、万里がしっかり考えてくれているから」

はっとする。そういえばさっき万里が読んでいた本は、英語の受験参考書だった。

「あのね、お姉ちゃん。来年から私、看護大学に行こうと思ってる。お姉ちゃんもいいお医者さんになったら戻ってきてよ。ちゃんと待ってるから」

新しい力をつけることで、万里は診療所をさらに強く支えようとしていた。

万里がいたずらっぽい表情になる。

「それに私、お医者さんと結婚してもいいんだけどな」

父が目を大きく見開き、「ええっ、聞いてないぞ。どいつだ？　花岡《はなおか》か？　それとも小林《こばやし》、野島《のじま》……」と、パート医の名前を挙げ始めた。

8

法要を終えて川崎に帰った。その足で千晶は、佐々井記念病院に続く坂道を上る。夕闇に沈む病院は改修工事も終わり、事故前の姿を取り戻していた。

クリスマスイブの日曜日――この日、千晶は休みだった。だが、自分が担当している入院患者の経過がどうしても気になった。

陽子や金田から、それぞれの担当患者を千晶は何人も引き継いでいる。

いつものように裏階段を駆け上った。金曜日の夜に重い肺炎を起こした西三病棟の男性患者の呼吸状態が改善しているかどうかを確認し、あす朝に胸腺の摘出手術を受ける若い女性患者を励ましておきたかった。

じっくり回診したせいか、気になる患者すべてを診終えるまでに三時間もかかった。

ロッカールームで白衣を脱いだ千晶は、病院を出る前に警備室へ向かった。この日、最後の夜勤についているはずの蓮見に、改めて礼を言うためだ。

受付の格子窓から室内をのぞく。奥にある蓮見の席は、すでに私物の片付けも済んでいるように見えた。

「まだ、きちんと整理できてないんですけどね……」

難しい顔をした蓮見が、千晶に茶をすすめながら意外なことを言い出した。

「いえ、座間敦司のことですよ」

千晶はその名を聞いて再び凍りつくような感覚を思い出す。感謝の言葉を告げ、土産の信玄餅を渡してすぐに辞去するつもりだったが、千晶は思わず身を乗り出した。

「あの日、座間は何がしたかったんでしょう？」

蓮見の問いは、千晶の中でくすぶり続ける疑問だった。

「沼田の命令でクレーマー行為を繰り返すうちに、私を本気で憎むようになった。そして苦しめることが快感となり、段々とエスカレートして……」

千晶がそう返すと、蓮見は首を傾げた。

「決して楽しんでいるようには見えませんでしたよ。それに、エスカレートしましたか？座間の行動は、どうも首尾一貫していない。不調和で不整合と言ったらいいか、妙にちぐはぐだった」

ちぐはぐ――千晶も同じ思いを抱いていた。座間の一連の行動は不可解だった。だからこそ不気味に感じ、予測不能の恐怖を覚えたとも言える。

「それが沼田の指示だったんでしょうか？」

「いや、奴は具体的な指図をしていないと供述しています。沼田は座間から報告を受けて、そのネタをもとにブログを書き込み、ネット上で病院攻撃を展開することに躍起になっていたということです。座間にもパソコンとデジカメを与えて協力させようとしたが、全く使い物にならなかった、とも」

雲をつかむような話だった。

「どうにも座間の行動パターンが気になりましてね、私、こんなものを作ってみたんですよ」

蓮見が一冊のノートを取り出した。それは、座間が沼田の命令で引き起こした行動を時系列で記した記録だった。

睡眠剤の過剰な要求やブログによる執拗な病院批判、駐車場での暴力行為などにとどまらず、ペンライト紛失やピラフ代の件、トイレの緊急呼び出しボタンが押された件など、座間が最初に来院した日から事故当日の騒動までの出来事が細かに記されていた。

「こうして順に書いてみると、全くもって一貫性に欠ける。行き当たりばったりでしょ。それで私、座間自身の行動はどこに問題があったのか、今度はマニュアルを見ながらチェックを入れていってみたんです」
そう言って蓮見は、患者様対応マニュアルを机上から引き寄せた。さっと老眼鏡をかけると、慣れた手つきでページをめくる。開かれたのは巻末。「病院経営に危機をもたらす患者様の問題行動」のページだった。
「ちょっと、これを見ていただけますか」
トラブルを生む患者の行動を九項目に分類し、実例とともに紹介した一覧表だ。最後の「⑨」を除く八項目に、細かな文字が書き加えられている。
「もっぱら沼田が担当していたブログによる病院攻撃を除外して、座間の行動をここに追記してみました」
千晶は、マニュアルの記述とその下の書き込みに神経を集中させた。
〈①病院施設内への正当な理由を欠く侵入
……夜間の待合室への不審な出入り、深夜の再訪と診察室への侵入〉
〈②病院施設内での窃取並びに損壊行為
……医局でのペンライト盗容疑、診察室でのマニュアル盗容疑、花壇の損壊容疑〉
〈③病院施設内での不適切な金品の授受

……「オアシス」での強引なピラフ代支払い〉
〈④不適切または違法な薬剤処方の要求
……眠剤の過剰処方を要求、薬の紛失を騙《かた》る重複処方要求、その反復〉
〈⑤施設管理の秩序を乱す各種の迷惑行為
……院内での無断撮影、トイレの緊急呼び出しボタン騒ぎ〉
〈⑥病院職員等に対する各種の暴力行為
……駐車場で医師を転倒させる行為、五百円硬貨の投げつけ〉
〈⑦病院職員等に対する不当な謝罪要求
……リュックの破損を騙る執拗な謝罪要求〉
〈⑧治療費・薬剤費等に関する支払い拒否
……リュック破損を理由とする治療費の支払い拒絶〉
衝撃を受けた。マニュアルの項目と座間の行動は、その順序も含めて完全に一致する。座間は、患者様対応マニュアルに記載された「問題行動」の例をそのまま順番に実行していたということなのか。
「驚きました。座間は、このマニュアルをもとに動いていたということですか」
「私はそう見ています。沼田に本件を持ちかけられたときに、院内限りのマニュアルも一緒に渡されたのでしょう。こんな大冊、頭から読み通すことなんてできない。座間は手っ取り早くモンスター・ペイシェントになるために、対応マニュアルの一覧表を逆用したんですよ」

「では蓮見さん、最後の項目はいったい……？」

「問題は、そこです」

蓮見は千晶の指摘にうなずいた。

〈⑨他、公序良俗に反し、院内の風紀、秩序と安寧を乱す行為〉

「これは、他の項目に比べて難解というか、漠然としていて分かりにくいですね」

「その通りです。座間もね、困ったと思いますよ」

蓮見は、鼻の頭をかきながら口を開いた。

「ここからは、私の下手な推理です。いいですか？　座間はこの最終項目についても、マニュアルに忠実な行動を起こそうとした。彼が従ったのは問題行動の項目に続いて記載されたマニュアルの『実例』部分、ここです――」

千晶は、蓮見が指さした箇所に目を走らせた。やはり無機質で味気ない文言が並ぶ。

〈マルチ商法、賭博等の勧誘と行為、憲法および基本的人権を侵害するような行為、反社会的勢力またはその関係者を名乗る行為、その他、病院施設内における大声、喧騒、放歌

……〉

「分かりますか？　この、最後の部分です」

千晶にも思い当たった。歌だ。

「マニュアルには、賭博だ、人権の侵害だ――と書いてありますが、これを病院で実行に移すのは意外に難しい」

「だから座間は……」

「手っ取り早く、場違いと知りながら大声で歌った。おそらく彼はね、早く終わらせたかったんでしょう」

千晶は「あっ」と言って口を押さえた。

「そういえば座間が最後に言ってました。『やっと終わる』と」

ほう、それはおもしろい、と蓮見は先ほどのメモにペンを走らせる。

千晶は元刑事の執念深いほどの探求心に圧倒される思いだった。

「今日、ここで私が先生にお伝えしたかったことはひとつです」

蓮見は改まった表情で千晶を見据えた。

「座間は、真野先生に悪感情など抱いていなかった、ということです」

「え……」

「彼はマニュアルの字面に従い、与えられた役割をこなすことで精一杯だった。よその病院では問題を起こしたことがない男ですよ。真野先生に向けた偽りの敵意と偽りの行動から、早期に解放されたいと願っていたはずです」

自信にあふれる口調で蓮見は断言した。

「偽り、だったのですか」

「もちろんです。真野先生は患者さんに悪意や憎悪を向けられるような人じゃない」

言葉が出なかった。座間の言葉を恐れたのは、自分の心の中に後ろめたいものがあったからだと気づいた。

「遅くまで引き止めてしまいましたな。わざわざお土産をありがとうございます。遠慮なくいただきます。こっちは、なんも用意してなくて許してくださいな。そうだ、こんどスダチでも送りますよ」

千晶は席を立ち、笑顔で首を振る。

「いいえ、お気遣いなさいませんよう。蓮見さん、どうかお元気で」

蓮見は突然、深々と頭を下げた。

「真野先生、これからも院長を支えてやってください」

なかなか顔を上げようとしない蓮見に、千晶も深くお辞儀を返した。

午後九時を回っていた。外来診察室の周辺には誰もいない。救急患者の受け入れを、昼夜ともに中止したのが影響している。それに世間では特別な聖夜だった。

千晶は待合室にある長椅子に腰を下ろした。

あの事故の惨状を思い出させるものは何もない。以前と変わらない状態だ。陽子や金田のことも、すべてが幻のようだった。

ぼんやりと外来担当医の一覧表を眺める。新しい内科医はまだ見つかっておらず、明日からの診療も苦しい状況が続くだろう。

背後で足音がした。

「真野先生」

低い男の声に、ぎくりとする。こんな時間、千晶に声をかけてくる患者は――。

座間のような気がした。だがすぐに、そんなはずはないと思い直しながら、千晶はゆっくりと振り返った。

男性は、いつか夫妻で外来を受診した藤井典子の夫だった。典子は、ＰＥＴ検査で肝臓に悪性腫瘍があるかもしれないと疑われた患者だ。

「おかげさまで女房の腫瘍は良性でした。あのときは一か月後に娘の結婚式を控えていたものですから、すっかり気が動転してしまってすみません。先生のご配慮ですぐに詳しい検査をしてもらえたので、安心して結婚式を迎えられました。本当にありがとうございました」

「よかったですね」

千晶はほほ笑みを返す。

「実は今日、上の娘に赤ん坊が生まれましてね。仕事が終わって、いまようやく対面してきたところなんです。こちらには三世代にわたってお世話になりますね。これからもよろしくお願いします」

藤井の顔は本当に嬉しそうだ。その目元が少し光っていた。

これだけのことで、千晶は心がたちまち満たされるのを感じる。

自分が願っているのは、こんなにも単純なことなのだとつくづく思う。

治療の場を、争いや対立の場にしたくない。そのためには自分がまず受容する存在になることだ。患者の声を聞こう。誠実であり続けよう。あたたかい言葉で満たそう。

ここがいつまでも癒しの場でありますように――。

そう祈りながら、佐々井記念病院を出た。

十二時間後にまた、明日の診察が始まる。

解　説――それでも私は、医者を辞めない――

中山祐次郎

この物語の主人公、30代半ばの女性医師である真野千晶は、神奈川県川崎市の民間総合病院で内科医として働いている。民間の病院だからか、元銀行員の事務長が大きい顔で医師たちに病院経営のため患者への接遇を説く。曰く、「クレームにはまず感謝しましょう。ひとりの勇気ある患者様の言葉は貴重です」。一見すると真っ当に聞こえるが、舞台となる病院では患者のクレームだらけ。「治療費なんか払わない」「空いているから夜受診したのに待たされるとはどういうことだ」など、じりじりと読み手を圧迫していく。極めつけは座間《ざま》という中年男性患者の執拗な嫌がらせの数々。主人公千晶に必要量の何倍もの睡眠薬を出すよう迫る、私物を窃盗する、など犯罪としか思えない行為が相次ぐ。医者という立場から読んでいると、まさかそこまでは無いよな、いや、ありうるかもな、とページを急いでめくる。

しかし、病院の経営陣は地域住民からの評判が落ちると経営に直撃すると心配し、過度な「患者持ち上げ」を医師たちに強いるようになる。「あの患者が」と口をすべらせた医師には「患者様」と言い直させたり、院内を徘徊して意味不明な言動を繰り返す認知症患者にもVIP客のように接せよと指導したりする。医師というプレーヤーとして最高のパフォーマンスを発揮したい思いと、一病院職員という一介のサラリーマンとして組織に従わねばならぬ現実が擦《こす》れ合い、火花を散らす。

主人公千晶の年齢、35歳くらいだと医師になって10年前後。医師のキャリアを考えた場合、じつはとても微妙な年齢である。とくに親が医者で、実家の診療所の継承問題がある千晶の立場であればなおさらだ。内科医として、このまま腕を磨いて消化器の専門家になるのか、それとも実家を継いで町医者としてやっていくのか。医者としての生き方はまるで異なる。千晶はもう少し大きな病院で修行を積みたいと思う。しかし、父は実家の診療所を今年いっぱいで引退すると言う。決断はいますぐにでもしなければならない。そんな大きな岐路に立たされた千晶には、さらなる問題がのしかかる。それは認知症の母の存在だ。母はすでに山梨県の実家近くの施設に入れられており、もはや数時間前のことを覚えていられないほど認知症が進んでいる。遠方でなかなか見舞いに行けぬ母からの、「とにかく食べなさい」と千晶の体調を気遣う言葉に、読者の多くは遠方の親兄弟を思うだろう。そしてそのぼんやりとした後ろめたさを、主人公千晶に載せるだろう。

そんな中、同僚の女性医師である陽子先生だけは、千晶のよき理解者だ。もはや恋人と言ってもいいほど、千晶の苦悩をそっと包んでいる。少し歳上の陽子先生は、しかし千晶には打ち明けられない悩みを抱え、中盤以降、思わぬ方向へと物語は進んでいく。

この物語を読み始めてから、しばらくはとても不快だった。同業者として医者目線で読むと、そのあまりのリアルさに日々の診療を思い出すのだ。ああ、こういう厄介な患者さんっているよな、こういう口の悪い医者っているよな、と。私は医師として日常的に当直業務をしているが、本作品に出てくるクレーマー患者さんはまったく誇張ではない。まるで「小説のような」患者さんが頻繁に来院する。

とはいえ、読み始めで私は千晶の勤める病院の姿勢に反発を感じた。この病院では患者をS、M、Lと分類する。Sは「スムーズ」のS。「要領よく病状を伝えてくれて、こちらの説明もすぐに理解してくれる患者」。Mは、「まだるっこしい」のM。悪気はないが、質問に答えられなかったり薬を勝手にやめたりする患者だ。そしてLは「Low pressure」のLだそうだ。低気圧と直訳できるが、「来院した瞬間から災厄を振りまく台風」のような患者や、「知らぬ間に急速な発達をとげて、気づいたときには手に負えないほどに成長する」患者のことだという。

医者都合から考えたなんと身勝手な分類だろう。私は感情的に強く反発した。「医者は患者をそのようには分類しないし、そういう目線で仕事はしない」と。しかし、物語が進むにつれ「たしかに患者はこのように分類できる」と納得せざるを得なくなった。それどころか、もしかしたら私もまた、無意識のうちに患者をS、M、Lのように分類しているのかもしれないとさえ感じた。ということは、似たものを嫌う、同族嫌悪で私は反発しただけなのかもしれない。

そう想起させるほど、千晶の外来を受診する患者は現実そのものだ。まるで医師である作者の外来診療風景を一日ビデオ撮影し、そのまま文字に起こしたのではないかと思わせるほどだ。

なぜ南杏子さんはこの物語を書いたのだろうか。

ひとつには、この歪《ゆが》みきった医療現場を告発したいという願望からだろう。医者なら誰しもが経験する、肉体の限界を軽々と超える36時間連続勤務。求められるレベルの高さと、そのすぐ向こうの訴訟リスク。そして対人の仕事がゆえの、腑に落ちないクレームや心ない一言。さらに患者からの暴力（私自身、顔を殴られかけたことは何度もある）。
こういう悲痛な現場が現代の日本の医者のおかれた場所なのだ。すべての若手医師は、このような現場を初めて経験したときには衝撃を受ける。そして酒の席で小声で愚痴りあう。医者を3年もやれば当然だと思うようになるが、その労働環境もストレスも門外漢には理解できないから、同業者とばかりつるみ同業者と結婚する。私の知る限り、医者で医療業界外の人と結婚したのは1割もいない。この閉鎖性。この尋常ならざる現状。これらを、フィクションに載せて大声で言いたかったのだろう。

しかしそれだけではない。南さんは、それでも医業を辞めない医者を描いた。ぎりぎりのところで倒れかけながら、壊れかけの心を奮わせ、それでも医者をやる、と宣言させた。誰が悪いわけでもない、誰も悪くない、だから続ける、そう毅然と言い放たせたのだ。物語の後半になり、千晶はきわめて苦しい立場におかれる。それでも患者の笑顔を栄養として、崖の手前で足を踏ん張る彼女の姿は、静かな光芒を放つ。医師でもある著者は、それこそが医者であり、それこそが人間だと言いたかった。ミステリー仕立てになっている作中の、モンスターペイシェントからの過度な嫌がらせにも向き合い続けた千晶の栄光は、読む者の心の奥底のヒロイズムに火をつけるに違いない。

——医師・作家

この小説はフィクションです。
実在する団体、人物とは一切関係ありません。

ＪＡＳＲＡＣ出　１９１３０１６-１０５

この作品は二〇一八年一月小社より刊行された『ディア・ペイシェント』に副題をつけたものです。

ディア・ペイシェント

絆《きずな》のカルテ

南杏子《みなみきょうこ》

令和2年1月25日　初版発行
令和3年10月20日　5版発行

発行人——石原正康
編集人——高部真人
発行所——株式会社幻冬舎
〒151-0051東京都渋谷区千駄ヶ谷4-9-7
電話　03(5411)6222(営業)
　　　03(5411)6211(編集)
　　　振替00120-8-767643
印刷・製本—中央精版印刷株式会社
装丁者——高橋雅之

幻冬舎文庫

ISBN978-4-344-42937-6　C0193　み-34-2

幻冬舎ホームページアドレス　https://www.gentosha.co.jp/
この本に関するご意見・ご感想をメールでお寄せいただく場合は、
comment@gentosha.co.jpまで。